丸山健二　掌編小説集

人の世界

丸山健二

田畑書店

目次

われは何処に
其ノ一 8
其ノ二 18
其ノ三 28
其ノ四 38
其ノ五 48
其ノ六 58
其ノ七 68
其ノ八 78

風を見たかい？

軟風を追って 90

夜嵐をついて 130

海風に乗って 156

吹雪をよぎって 186

緑風に魅せられて 216

高嶺颪《たかねかぜ》に倒されて 246

熱風をかき分けて 276

夕風に説き伏せられて 304

川風に流されて 338

白南風《しらはえ》に溶けて 366

丸山健二　掌編小説集

人の世界

われは何処に

其ノ一

投票日の前日に大火《たいか》に見舞われ、候補者の連呼と共に消防自動車のサイレンが市上にあふれ返り、おまけに台風が東進するという切迫した空気のなか、日没前にやっと悲惨な事態が終息を迎えた。しかしその大混乱は、住民たちの心に恐怖以上の動揺とトラウマを残し、とりわけ人生観そのものに強烈な影響を与えて、上を下への大騒ぎが魂にまで及んでしまい、多種多様な内的変化が、焼け跡のそこかしこに生じたのだ。

有り金をはたいたあげくに自宅を借金の形に取られ、老いぼれた母親の世話に明け暮れているうちに、婚期を逃してしまった女は、業界では切れ者として通っている男の、俚耳《りじ》に入りやすい説得を真に受けて、牡丹の染め模様に的を絞って品数を揃えた、先代から引き継ぐ呉服屋を畳むことに決めてから、昼飯を食い逸《そ》れるほどの忙しさにかまけて、すっかり品位を落としてしまった老舗《しにせ》が、板壁一枚焦がすことなかったという、そんな奇跡を目の当たりにするや、独りきりでどこか遠くへ旅立った。

右岸一帯に美しいクロマツの林が広がることで、川辺の風景が一段と引き締まって見えると、そう日頃から自慢しながらも、年ごとに体が弱り、今では飛び石伝いに庭へ出ることもあたわぬ羽目に陥った、それでもときとして、相手の言葉を逆手に取って饒舌をふるい、激論の余熱によって、暴力沙汰にまで燃え上がったりする、矍鑠《かくしゃく》たる齢《よわい》九十の年寄りは、類焼によって烏有《うゆう》に帰してしまった全財産を前にして、しばしのあいだ茫然自失の体ではあった。だが、縁つづきの間柄にある、全然人見知りしない、才弾《さいはじ》けた少年がふと漏らした「きれいさっぱりだね」のひと言を耳にすると、舌の先で誤魔化しながら大人をやりこめる、いかにも愛らしい目遣《めづか》いの相手の胸倉をつかんで、平手打ちを何発も食らわせてから、土手の下へ突き落とし、ごろごろところげるさまを見ながら、怪鳥のごとき声でけらけらと笑い、涙があふれていることも知らずに、さんざん笑いこけた。

長年駅弁の立ち売りをして声がすっかり掠《かす》れてしまった男は、気難しい雇い主の無茶な申しつけよりも数倍苛酷な運命に出くわしたことで、ただもうひたすらしゃちこばっているしかほかに手立てがなく、人生そのものまでが灰燼《かいじん》に帰したかのような惨めさを味わうなかで、どうにかこうにか正気を取り戻し、遅ればせながら、現在の収入では実家の再建はおろか、口過ぎすらも難しいという結論に達し、眼下に広がる、見事に黄熟した稲穂を眺めつつ、身の回りを整えてゆく娘の横顔から、絶望が滅していることに気づいた。それをきっかけにして、立ち直りの方向へ舵を切ることができ、友人から転借していた骨董品を、桁外れの安値で叩き売り、巷間《こうかん》まま言われるところの、生が消滅する瞬間、瞳の奥に赤みを帯びた閃光が素早くよぎるという、まったくもって怪しげな俗伝を念頭に思い浮かべながら、いかに不利な状況にあっても、運命との闘いを放棄しない、征服されざる男一匹の世界へと突き進んだ。

三拝九拝して友人に借金を頼みこむ、寸詰まりのズボンをはいた、みるからに存在感に欠けた若者は、日頃から社交下手なのに、成り行きのせいで、焼死した従兄の霊前で弔辞を読まされたことが功を奏し、申し出た三倍もの復興資金を、それも利息なし期限なしの好条件で、すんなり借り受けることができ、嬉しさのあまり、独り内祝いをして、夜通し興奮し、燃え残った納屋の片隅で、酔いつぶれて眠ってしまった。そして夢のなかで、現実の墓場において欲念の虜となり、他の誰にも増して権勢を誇る、見かけ倒しの強者を演じ、胸にわけのわからない恐れを抱いて、浮標《ふひょう》のごとき人生を送りつづける、生来迂《う》愚《ぐ》な男に成り下がり、新しい人格を誕生させることなど絶対にあり得ぬ、とことん甘ったれた精神に、どこまでも心地よく蹂躙された。

重度の火傷を負った患者の脅威を少しでも取り除いてやろうと、ほとんど気休めの意味しかない血清を注射する老医師は、治療の最中に、豪雨に見舞われた日に早世《そうせい》の師の三回忌に集まった、弟子たちの沈黙の語らいを彷彿とさせる、重苦しい雰囲気から一挙に解き放たれ、長年ひっそりと路地裏に隠れ住んでいた、不倫の男女が、天下晴れて夫婦になれた古い出来事が、なぜか突如として生々しく思い出された。すると、原産地から直送されたことで損傷を免《まぬか》れた果実のごとき、不思議な安堵感を覚え、追憶はさらに膨張して、逆波《さかなみ》のしぶく上甲板に佇んでいるときに、凶事の報せが届いた外国航路の船乗り時代の立場が鮮やかに甦り、幸運のなせる業《わざ》から派生した不羈奔放《ふきほんぽう》な暮らしによって、いつしかいかんともしがたい赤貧《せきひん》へと追いやられた、今となっては懐かしい限りの日々が舞い戻り、卵生《らんせい》の哺乳類のようにしてこの世に生まれ出てきた、純真無垢ではあっても親しみにくい女との破局が思い出深い一連のごたごたとして迫り、そのせいで、注射針が折れたことにさえ気づかない。

罹災者という倦《う》み疲れた心身を必死で守ろうと、秋の夜寒《よさむ》に肌着をもう一枚重ねる、忘れてしまいたい不幸でいっぱいの孤独の限りの寡婦は、もうひとりの自分が、「すわ、何事ぞ！」と胸のうちで叫ぶたびに、世界の脆《もろ》さが露呈されてゆくのを実感し、その分、生の跳躍が大いに活性化するのを覚え、年の功のせいもあって、非常食をくすねるという、卑劣な振舞いに対して、躊躇なく面罵《めんば》できた。そして、蔓《つる》と板切れで設《しつら》えた俄造《にわかづく》りの掛け橋を渡りながら、草むらにすだく虫の声を想わせるような、単調極まりない童謡をくり返し詠唱した。

通りがけにふと立ち寄ってみた小間物屋《こまものや》で心をぐらつかせ衝動買いした天衣無縫な品を矯《た》めつ眇《すが》めつ眺め回し、親に紹介された結婚相手が気に入らなくて、陰でぐずぐず言いながらも、人前ではけっして本心を打ち明けない、内気に過ぎた娘時代を思い出すたびに、大火によって自分が失ったものは、代々続いた屋敷だけではないと、遅ればせながら気づいた。

双子《ふたご》に焼死されてがっくりし、家族で手を握り合って無事を喜べないことが、日ごとに痛感されるなかにあって、慰めようもなく絶望的な空っぽの日々を生きることに、心が片時も休まらない若き夫婦は、借家の板の間にどっかと座りこみ、腕組みをして考えこんだまま、ただもうまばゆいばかりの透徹した昼間をやり過ごした。ややあって、生涯における最良の仲間を亡くしたことに気づくと、ゆらめく光に濡れる瞳をティッシュで拭い、アルコール度数が高い割には口当たりのいい蒸留酒を、大量に呷《あお》りつづけたものの、結果的には、救いの足しにはならず、かれらの双眸《そうぼう》は、あたかも戦地へ向かうわが子を見送るかのような、荘厳にして悲痛な色に染まるばかりで、あれほどまでに鮮やかだったきらめきは、二度と戻らない気配が濃厚となった。ところがその晩、風流な籬《まがき》のある旧家で、うららかな調子で歌う、愛盛《いとしざか》りの童女の声を聞くや……。

たまたま同じ路線バスに乗り合わせた旧友の、狂おしい思いにあふれた赤裸々な告白を、無線を傍受するようにして謙虚に耳を傾けていた、夕闇の茄子《なす》紺《こん》に染まりながら、呆気ない幕切れへと揮発《きはつ》してゆきそうな出戻りの貧相な女は、久しく顔を合わせていなかったあいだに、一段と色香《いろか》を増した幼友だちを、穴のあくほど見つめてから、天性の悪女ぶりを発揮しつづけた罰として、貧苦の生涯を送る羽目になった知人を、引き合いに出して溜飲《りゅういん》を下げた。そのあとはもう、弱点を握ることが狙いで、相手の心中を忖度する者の典型と化し、当座の暮らしに必要な金を泣きついて借りようとする友に、色気のない返事を浴びせて突き放し、冷ややかな笑みをたたえながらバスを降りると、焼け跡の黒の世界へずいと歩を進め、自宅からほど近いところに広がる林間を、口笛を吹きながら終日さまよう、親の遺産でのうのうと暮らす中年男に、魂胆をまる出しにして、ありったけの愛嬌を振りまいた。

其ノ二

蒼々《あおあお》たる大空の下、三々五々城趾公園に佇んでいた、無害な分だけ面白味に欠けた人々が、どんな風の吹き回しなのか、突如としていっせいに、これまで漠然と固めていたゆるい決意を翻したくなり、一生のうちで一度くらいは、どこかの誰かの心肝《しんかん》を寒からしめてやろうと、そんなことを考えるに至り、荒くれた発想がもたらす叛逆の方向へと、半ばやけ気味に舵を切った。

出所《しゅつしょ》を機縁にいっぺんこっきりで窃盗をやめた男は、往々にして無実の者を投獄しがちな警察の在り方に疑問を抱き、併《あわ》せて、事件の状況全体を勘案《かんあん》せずに、無罪放免という拙速《せっそく》な判決を下したことで、後々面倒なことになる裁きのいい加減さに腹を立て、匆々《そうそう》のうちに日が過ぎてゆくなか、きょうも無為に終わってしまうことにどうにも我慢ならなくなり、こぶしを天に向かって突き上げた。

いつも小理屈でやりこめられてしまう、見るからに痩せ肉《じし》で不運そうな男は、スト続行中であっても増収を図ることが可能な、人も羨む優良企業の工員の立場に誇りが持てなくなったばかりか、つくづくと嫌気が差し、手蔓《てづる》を頼って早い出世を遂げたものの、結局は竜頭蛇尾《りゅうとうだび》の演説のごとき人生を送るとわかり、あまり冴えなかった、かつての直属の部下が、倒産寸前の他社の再建に怪腕をふるっているという噂を思い出して、自分もすっかりその気になり、このところ夫婦のあいだがしっくりゆかず、角《つの》突き合わせる回数が急増し、不在中の出来事とはいえ、わが子がベランダから転落死したことに責任を感じないではいられなくなり、実働時間が大幅に削られて報告されている事実にも今さらながらむかっ腹が立ち、この際、職場と家庭の両方をいっぺんに投げ出そうと、だしぬけに決めてしまった。

父親とまったく同じ経路を辿って政権の座に着いた息子が、観桜会《かんおうかい》に招いた地元の支持者たちを前に、無に等しいおのれの実力を大仰《おおぎょう》に述べ立て、周縁の交通網の不備によってますます景気が消沈していることを認めてから、次の選挙に勝たせてもらえば悲惨な状況を一変させてみせると豪語し、収賄の嫌疑で逮捕され、裁判にかけられたものの、金額が微少で初犯ということで執行猶予になった父親を庇《かば》い、あとはもう愛想笑いの連発となり、酒が回って泥酔するや本音が次々にさらけ出され、院議を過剰に重んじているうちに、わが国は見るも無惨なことになってしまったと言い、ひそかに富国強兵の策を練りながら、民の膏血《こうけつ》を絞り取る政府を全面的に支持すると明言し、反権力的な悪を根絶やしにするという政治スローガンが今日の名声に貢献したのだと、そうのたまった直後に胃から大量出血し、どっとその場にくずおれた。

浪費好きなことで親類縁者から迷惑がられているばかりか、わが子の性行不良をすべて是認《ぜにん》するからきし意気地のない母親は、ある日突然、将来に対する不安に駆られて、かつては教育者であった叔父を訪ね、思い余って相談したもののの、ようやく迷夢から覚めるというわけにはゆかず、耳慣れない言葉をふんだんに盛りこんだ、数時間にわたる長講《ちょうこう》に辟易《へきえき》してしまい、春の嵐が荒れ狂うなか、車行と徒行で自宅へ戻ったが、相も変わらずそこは安らぎの場にほど遠く、最も往来の激しい道路で初子《ういご》を遊ばせるような無神経な親を自覚し、自己嫌悪から派生した憤怒を夜な夜な盛り場界隈を徘徊し、飲み過ぎてべろべろになった夫の烈火のごとき酔顔《すいがん》に叩きつけようと、包丁やら金槌やらロープやらを用意して待ち構えたものの、千鳥足で帰ってきたのは残念なことに息子のほうだった。

すでに肉体的衰えがひどい同勢五人の旅の途中で、ひとりでにかいま見えてくる内奥の対立ときたら、それはもういかんともしがたいほど根深いもので、しまいには口もきかなくなり、目を合わせることも避けるようになって、無言の反目《はんもく》をどこまでも重ねてゆき、あげくにこの公園で解散にしようなどというそんな提案がなされる始末だった。つまり、長年の友情を確認し合うための最後の道行きでなくなり、ところが、いざ散り散りになろうとした矢先、帰りの道中の寂しさに気づいて恐れおののき、誰からともなく言い過ぎたことにすまない気がして、とりあえず謝罪の言葉を口にしてから厚化粧が剝がれ落ちるまで涙を流し合い、さんざん泣いてから近くの蕎麦屋に立ち寄ると、すでにして幼馴染みの関係がすっかり回復しており、まったく揉めることなく割り勘の支払いがすんなり成立した。

暴徒と化した群衆を広場から追い散らすための、狂暴さが一個の人格になっている機動隊の訓練は、くつろいで散策していた一般人の目を束《つか》の間《ま》引きつけはしたものの、それ以上の関心を呼ぶまでには至らず、誰も正義のための行為などとは思わずに、さりとて特に冷ややかな眼差しというわけでもなく、少なくとも人間の所業とは思えぬ行為に胸をむかつかせた者はおらず、世間のどこに身を置いても常に主席の座を占め、その世界の支配権を握るというたぐいの妄想と夢想を逞《たくま》しゅうする男にしても、一瞥《いちべつ》もくれずに黙って素通りした。そこへ五十がらみのがっちりとした骨格の男勝りの女がやってくると、場の空気は一変し、それというのも訓練の指揮を執る、いかにも厳《いか》めしい面構えの男の前に立ちふさがって、だしぬけに食ってかかったからで、近くで土産物屋を営む彼女は、商売の妨げになるからどこかよそでやってくれと、そう激しい剣幕で嚙みつき、ぺっと唾を吐き捨てた。

着荷《ちゃくに》が遅れる理由に対して敢えて例外を設けない厳しい限りの荷主に対して、万事遺漏はないと太鼓判を押す貨物トラックの運転手は、そう言って携帯電話を切ったあとも、ベンチに横たわってのんびりとくつろいで一向に腰を上げる気配を見せず、さりとて疲労困憊《こんぱい》しているわけでも、体調を崩しているわけでもなく、むしろ上々の気分を保ち、指を弾いて拍子をとりながら、鼻歌なんぞを歌いつづけた。やがて静かになったかと思うと、居眠りを始めてたちまち爆睡へと引きずりこまれ、健康そのものの高鼾《たかいびき》ときたら近くを通った野良猫さえも呆れ返るほどで、小一時間の仮眠の最中、世間はいつものようにあくせくした動きのなかに埋没して、時間とエネルギーの浪費に精を出し、生産が頭打ちになったことで地価の暴騰がいくらか抑制され、太陽の周囲を回る地球の速度がほんの心持ち鈍ったかもしれない。

愛《いと》し子を人に預けたことによってますます再起不能へと追いこまれた女は、朽ち木を再利用して小川に架けた土橋《つちはし》がある前景へと歩を進めながら、きょうを思い、あしたを思ってみるものの、結局はどうにもならないという答えが出されるばかりだった。かくなるうえは、異性に人生のすべてを賭けてしまうほどおめでたい、資産家のバカ息子でもたらしこむしかないと、そう考えて物色の視線を投げ、もとより宝くじに当たるような幸運が舞い込んでくるはずもなく、どんどん傾いてゆく太陽を感じつつ、おのが人生の終局を想像して悲惨な結論を弾き出しそうになり、目がいつしか枝ぶりのいい木を探し、手がハンドバッグの紐を外そうとしていることに気づいてはっと我に返る始末で、しかし無益な浪費の件で厳しい叱責を浴びせた元夫への仕返しを蒸し返すことで、いくらか元気を取り戻すや、真っ赤な夕日に向かってアカンベエをし、木造の安アパートへと帰って行った。

其ノ三

特殊な生き物に過ぎる人間の営みについて、剴切《がいせつ》なる言い方をもってすれば、要するに腹黒い企みに尽きるということにほかならず、そうしたおぞましい生の在り方は、詮《せん》ずるところ悲喜劇の原動力であり、それは死という不気味な生き物がぱっかりと開けた大口に呑みこまれて完了ということに相なり、とはいえ、例外はひとつもないのだろうか。

生ある物を切り刻むことが生業の親の影響を負う子どもが、突如として引き起こした驚天動地の血なまぐさい大事件は、滝に打たれる修行をいくら積んでも心の沐浴《もくよく》については考えたことがない大兵肥満《だいひよう》の、総髪の山伏を大いに刺激し、ぼやけた耳学問でいっぱいの張三李四《ちようさんりし》たちを絶望に陥れ、文句のつけようがない知的環境を得てせっせと学業に勤しむ若者を、ひどく狼狽させた。

同志の拙策《せつさく》によって秘密のアジトを官憲に嗅ぎつけられた心が黴《かび》だらけの無政府主義者たちは、包囲される直前にそこを脱出することができたものの、いざという段のための逃走経路に思いを巡らせていなかったせいで、ひとりまたひとりと追いこまれて逮捕の憂き目に遭ってしまい、連日連夜の尋問のくり返しにとうとう音をあげて喋らなくてもいいことまで喋りまくり、果ては仲間割れに引きこまれて自主解散という呆気ない結論に達し、どいつもこいつも晴れ晴れした心地で裁判に臨んだ。その数年後に出所してから、なんとリーダー格が豹変し、自分はいずれそのうち天皇の赤子《せきし》として召される身の上だなどと大真面目に急きこんで話す、見るからに壮士風の男を演じるようになり、疑り深い分だけおのれの本領を失わない、辛辣な調子で国家権力に対して長広舌《ちようこうぜつ》をふるう、ほとほと手を焼くほどの不羈《ふき》の才の持ち主という大方の評価で一致していた青年を、背後から襲撃して刺殺した。

ふた親共に揃っている独身の男女を見かけるたびに月下氷人《げつかひょうじん》の役を買って出て、ああでもないこうでもないと双方を説得しながら最終的には強引に結びつけてしまう、その界隈では名の知れた世話焼き婆が、頼るべき知音《ちいん》もないということだけで詩聖《しせい》などと呼ばれている大家の門人になった不器量だが気立てのいい娘に目をつけ、世道《せどう》人心を惑わせるばかりの芸術の道に踏みこむような柄ではないと、そう一方的に決めつけながらお為ごかしの説得をつづけた。その甲斐あってついに見合いを承伏させることに成功し、けれども、その席に現れたのは日ごとに幼児化してゆく、人付き合いが極端にわるい、のべつ悲痛な面持ちの、ごくごくありふれた若者で、世間話どころか、ろくに自己紹介もできないためにものの数分で答えが出され、会食のあいだ中気まずい空気が流れた結果、御破算になった。

開口一番、「権威や権力に毒されていない本物の美以外に何を見よう」と言って美術界の大物を真っ向から批判した異色の新人画家は、極端に走りがちな心の成長段階において、箴言《しんげん》の助けなしには前進が難しいという真理にはいっさい無関係なほどの自我を保持しつづけ、すべすべした肌の年増女が開けっ広げに振る舞う姿にすっかり魅せられてしまうこともなく、厭味ったらしい少数意見も尊重する一見真っ当そうな話し合いも拒み、美術界の反芸術的な浅ましい動きを野犬の撲殺と同様阻止せずにはいられず、しかしながら、いつまでも強情を張り通すことで仲間の反感を買ってしまい、事実上画壇から追放されて作品の発表の場がなくなった。そんな彼のいつも変わらぬ約《つづま》やかな態度を見るにつけ、側面から援助して俗世間から引き離してやろうとする奇特な人物も現れぬまま、結局のところ、せっかくのその気高い精神も絵に反映されることはなかった。

三角の目でじっと盤面を睨みつける、異様なまでに背のひょろ長い棋士の連戦連勝の原動力になっている異様な粘り根性は、対戦二日目の夕方になっても一向に衰えを見せず、それどころか、ますます精力的に発揮されて、ほぼ確定的だった劣勢を土壇場でひっくり返し、対戦相手の顔がみるみる蒼ざめてゆくなかで、居合わせた仲間の誰もが想像し得なかった乾坤一擲《けんこんいってき》の奇手《きしゅ》によって止《とど》めを刺し、安堵と勝ち誇りの証しに違いないこれ見よがしの放屁《ほうひ》を残して意気揚々と席を離れ、宿の自室で独り飯を食べながら、俗眼では自分の偉大さは理解できないという、才能の有無とは要するに根性の有無にほかならないという、そんな主旨の言葉をさかんにつぶやき、食後もなおほとんど軽口を叩くような調子でひっきりなしに愚説を述べ立て、ところが、絶好調の最中に突如として疲労の極《きわみ》に達していた脳の血管が切れてしまい、ものの一分と経たぬうちに激しい痙攣の果てに、あっさりと絶命を迎えた。

流行《はや》り歌を口ずさみながら縁先《のきさき》に布団を干す、どぎまぎするほど美しい若妻が、立錐《りっすい》の余地もない披露宴会場で縁遠い娘たちが集まって祝婚歌《しゅくこんか》を懸命に合唱している様子を窺い、はたまた、座興にひとさし舞う後家を立て通した女の目から滴々《てきてき》と流れ落ちる涙を見逃さず、そうすることで自分がつかみ取った幸福を幸福の最たるものとして再認識し、寄ると触るとその話題で持ち切りだった嫁と姑の角逐《かくちく》が原因の相打ち事件が急浮上するようなこともなく、春のうらかな昼下がりを存分に過ぎるほど堪能した。そして、日向《ひなた》くさい幸福に包まれた布団を取りこむ夕方には、夫に先立たれてから一家を切り盛りするようになった母親のために、近所の原っぱで摘んだ草花を花籠に入れる童女を目で追い、その切なくも健気《けなげ》な後ろ姿に自分自身の生い立ちを重ね合わせたものの、哀しみに追いこまれるまでには至らず、見目麗《みめうるわ》しい女が抱えこんでいる内的な問題は、心の奥の奥に仕舞いこまれたまま、いつもながらの宵闇に溶けこんだ。

老年期を迎えてようやく義子《ぎし》の世話になる腹を固めた男は、その直後に金側《きんがわ》の腕時計と見せ金に惑わされて見え透いた幼稚な詐欺にひっかかり、長年地道に働き、酒も飲まず道楽もせずに貯えた全財産をそっくり失うことで、人生の意味と意義をも併せて失ってしまい、茫然自失の昼と夜をくぐり抜けているうちに、ごく自然な成り行きとしてこの世への未練が消されてゆき、いつしか知らず一気に吸いこんでくれるあの世の入口を探し、あげくに身近な宗教へと回心したものの、これまで培《つちか》ってきた独立独歩の精神まで売り渡してしまうことはなく、それどころか、自分が本当は何もできない鈍物《どんぶつ》であることを悟って憤死しかけた憂国の志士や、家元制度の暗い事情に通暁《つうぎょう》している恨み骨髄に徹した関係者や、正業を看板にした暴力組織で長らく世話になった遊び人などと腹を合わせ、他人の金を騙し取った。

どんなにくだらない事件であっても細大《さいだい》となく上司に報告しなければ落ち着けない駆け出しの記者は、防臭剤でいっぱいの小部屋に人知れず監禁されている青白い腺病質《せんびようしつ》の子の存在を知ったときも、当然ながらそうせずにはいられなかったものの、「よくあることだ」のひと言で斥《しりぞ》けられてまったく相手にされず、やむなく匿名で警察に通報してもこれまた体よくかわされてしまい、それでも記事にまとめてみようとペンを執り、しかし、かたわらの先輩に見咎められて、そうしたたぐいの事件の状況を微に入り細にわたって記していると往々にして予期せぬ筆禍《ひつか》を招くものだと忠告され、豊富に出回っている低廉《ていれん》の品のごとき自己を直写した小説に似通った内容になるのが落ちだとずばり指摘されるに至ってようやく諦め、下戸《げこ》のくせにその夜は無性に酒が飲みたくなり、まだほんの生酔《まなよ》い程度であったのに早くも瞼が眠気で重くなり、目を覚ましたときには、すでにして漆黒《しっこく》の闇の底に沈んでいた。

其ノ四

黒暗々《こくあんあん》たる世界の片隅でひっそりとうずくまりながら、他者の生を貪る機会を辛抱強く窺う命は、眼前に現れた強敵の獲物に気がつくや、強烈な反撃を食らってしまうという同じ轍《わだち》は踏みたくないと思いながらも、生き抜くための勇気を奮い起してやってみようとしっかり腹を括《くく》り、前後の見境もなく一挙に襲いかかったものの、成否のほどについてはよくわからず、それというのも腹応《ごた》えのしない餌であったからだろう。

境内にずらりと建ち並ぶ施主の名が彫られた燈籠に火が点《とも》されると、一堂に酒客が集まり、杯を重ねるほどに郷愁の度合が深まって、降雨を飲料にしていた久しい以前の話が復活し、たびたび話が脱線したところで、そのことを目で叱りつける者はなく、横車を押し過ぎて嫌われ仲間外れにされる者もおらず、白々と夜が明ける頃には全員が酒に飲まれていた。

心安い宿の長い廊下をどたどたと歩く、旬余《じゅんよ》の休養ですっかり元気を回復した万能と称する丸薬《がんやく》専門の行商人は、ぎしぎしと軋《きし》む急な階段を駆け下りる途中で突として若かりし頃を思い出し、マグロ漁で南の海へ出かけていた当時の雄姿を胸に浮かべるたびに、なんとも摩訶《まか》不思議な歓喜に浸ることができ、まさにあれこそが正真正銘の青春ではなかったかと、そう悟るや、併せて人生の残りを生きていることを知り、それどころか死んだも同然の身の上を悟り、もはや生きる価値もない者と強引に決めつけてしまい、商売道具の大きな鞄を提げて通りへ出たところで、金壺眼《きんつぼまなこ》を異様に光らせながら偽りの希望を示しつづける反っ歯《そっぱ》の占い師と鉢合わせになり、そんな気などまったくなかったにもかかわらず、だしぬけにそいつを殴り倒したかと思うと、たまたま通りかかった警官に止められるまで、年寄りらしからぬ勢いで蹴りつづけ、胸に溜まっていたあれこれを叩き出した。

性愛に事欠かなかったことを生涯の自慢の種にしている、厚化粧に余念がない古着屋の女将は、だしぬけに、まったくだしぬけに化粧道具を放り出して、今夏の暑さは老身《ろうしん》に応えたとつぶやくや、眼前に迫っている昇天を察して大急ぎで死に支度を整え始め、困難に行き当たった近所の人々に援助の手を差し伸べられなかったことを少しばかり悔んではみたものの、今さらどうしようもなく、客用の布団の上にそっと身を横たえ、目を閉じた途端にめくるめく追憶の嵐に巻きこまれ、さりとて、いかに素晴らしい思い出であっても懐かしさに駆け寄りたくなるほどの興味は湧かず、輪番で辻公園の掃除をするような下町情緒を、実際には批判的に眺めていたおのれにはたと気がつき、埃《ほこり》をかぶった年代物に接することによって美の目を養ってきたという自分への嘘をいたく恥じ、長い生涯における最後の呼吸を意識した。

三十年ものあいだ栄職にあった卑劣漢が、自叙伝にありもしない手柄話を麗々《れいれい》しく書き立て、実際には怠惰から人の話の受け売りばかりしてきたことにはいっさい触れずに、何かと民衆の和合を図りたがる、国家を司るろくでなしどもと親交を重ねた事実を自慢げに連ね、なお且つ、学才と人望を兼ね備えて閑雅《かんが》な生涯を送る者を気取った。その反面、職を退き自適の生活を始めるや、病の床に臥せったことは隠し、存分に生きたという結論で末尾を堂々と飾り立て、そして夜な夜な、受け取った賄賂のほんの一部を注ぎこんで自費出版した豪華本をあたかも聖書のようにして味読しながら眠りに就き、ところが、見る夢のほうはというとおぞましい体験の生々しい復活のみで、とんだ不調法《ぶちょうほう》をしでかしたと平謝りに謝ってから、この一件はどうか内密に願いますと懸命に頼みこむような、そんなことばかりに終始した。

神の愛護を受けたいという、ただそれだけが狙いで礼拝を欠かさぬ信者が、その気もないくせにわっと来てわっと帰ってしまうボランティアを厳しく遠ざける真っ当な常識人に腹を見透かされて大いに怒り、偽善も善のうちという屁理屈を振り回してやりこめようとしたものの、「まずは自身の性根が腐っていることに気づけ」という厳しい指摘には太刀打ちできず、棄て台詞も思い浮かばぬまますごすごと退散するしかなかった。それから酒飲み友だちを誘って繁華街へとくり出したが、悪酔いを招いただけで気晴らしにはならず、その晩はずっとむしゃくしゃした気分と吐き気に苛まれつづけ、形而上の力は地球を守ってくれている磁界のようにありがた味がまったく理解されていないのだなどと胸のうちでさかんにつぶやき、離婚訴訟のほかには見当もつかぬ妻の隣で、ひどく浅い眠りをだらだらと眠った。

頑固一徹の父親の冷厳《れいげん》なる態度に人知れず心を砕く、従順に過ぎる次男は、左前になった家運をどうにかしようと、大わらわの長男に憧れを抱きつつも、性格の決定的な違いはいかんともしがたく、ただもういじいじする日々に甘んじて家業の手伝いに明け暮れるばかりで、無為のうちに待ち望んでいる劇的な変化など天が割れても起きそうになく、居ても立ってもいられなくなった際にかなり持って回った言い方で反対の旨を申し入れたりしても、事態は微動だにせず、その間、じり貧の予感だけがどんどんつのった。そしてある朝、洗顔の最中に真の自我に目覚め、その衝撃は散策にまで持ちこまれて蒼茫たる大海原から目が離れた瞬間に、燃えるがごとき激しい怒りに駆られたかと思うと、今度はまったくだしぬけに、意中の人の接近に慌ててシャツを後ろ前に着てしまう若盛《わかざか》りの女の家の玄関口に佇んだのだ。

分析結果の不一致に大いに戸惑ったあげく、とうとう自身の二の腕に効能がおぼろな薬物を注射して試す、おのが精神に異常を来していることにも気づかぬ老いぼれの医学博士は、その地位に恋々《れんれん》としてしがみつく俗才をたっぷり具《そな》えた学者とは違っていても、それとはまた別の意味において危険人物にほかならず、だがしかし、そんな彼を諫める弟子は皆無で、というか、実験の成り行きに興味津々のありさまで、音を伝える媒質が空気であることと同様、意志を伝えるそれが眼差しであるとそう承知しながらも、誰ひとりとして制止の合図を送らなかった。ために、ノーベル賞なんぞに象徴されるケチな出世をめぐって激しい鞘当てを延々とくり返す同期の仲間から物笑いの種にされても、全身が不気味な色合いの斑点に覆われて手足のしびれが体全体に及んできても、ときおり心を吹き抜ける理知の風によってふと我に返ることがあっても、平気の平左《へいさ》といったありさまを保ちながら、なんとも言いようのない生涯を終えた。

機を見て世論に対する反撃に転じようと、金に飽かせてその方面の手腕家を雇う、公害垂れ流しの企業主は、尚武《しょうぶ》の精神を充分に極めつくした新聞記者を愚かにも弱敵《じゃくてき》と見て侮ったばっかりに、ほとんど致命的な打撃を連続して受ける羽目になり、その直後に苦労を共にしてきた老妻に先立たれ、墓に参る途中で今度は自分が斃《たお》れてしまい、発見されるまでに三日もかかったあげくに野生動物に食い荒らされて見るも無惨な姿をさらした。剛腕の経営者を失った会社はわずか一年で倒産の憂き目を見て、各種の毒物に汚染された広大な敷地だけが残され、そうした事態の成り行き上、数年後もなおそれ相応の厳しい批判の対象にされてもやむを得ないことで、解体の費用さえままならぬ工場の建物と同様、売るに売れない土地もまたほったらかしのありさまで、手をこまねくばかりの行政は地元出身の政治家にそれとなく打診してみたのだが、百年後でも打つべき手はないと、にべもない調子であっさり断られた。

其ノ五

紐帯《じゅうたい》の固さを誇っていた同志のあいだに、不穏な空気が流れ始めたかと思うと、たちまちにして利己的で粗暴で協調性に欠ける集団と化し、厳正に保たれるはずの軍紀といえども、あらぬ方向へねじ曲げられてしまい、「技芸を上達させる近道は、けっして満ち足りることのない心の内側に、いつも身を置いておくことだ」が信条であった、並ぶものなき日本舞踊の師匠が、しばしば意に逆らうおのれ自身をすっぱり見限ることに決め、そのあとは空っぽ。

謝礼のみならず、食卓の上座《かみ》に座ってもらう申し出すら固辞し、情にほだされながら、徳をもって人を化するほどの高潔の士が、たまさかの休日を楽しんでいるあいだに、ふと魔が差して夫以外の子種を宿す羽目になった女に、なぜかぐいぐい惹きこまれてしまい、たった数回の逢瀬《おうせ》で割りない仲になったかと思うと、心身共に性愛の渦に巻きこまれて、にっちもさっちもゆかなくなり、あげくの果てに、無一文にされて放り出された。

いかにも気がある様子を滲ませながら、目当ての男に話しかける小娘は、悠然と紫煙《しえん》をくゆらせて怫然《ふつぜん》たる目でこっちを睨みつける相手の心を、どうにかして和らげようと、見え透いた手練《てれん》手管《てくだ》を駆使してみたものの、結局はどうにもならず、それでもなお執拗に食い下がって、しまいには腕に手を回したがすげなく振りほどかれ、ついにはくるりと背中を向けられて露骨な拒絶を示され、ところが、それくらいで引き下がるような玉ではなく、今度は切り札として取っておいた体当たり攻撃に転じたかと思うと、辺りに人気がないのをさいわい、鼠に襲いかかる猫のごとく猛烈な勢いで抱きつき、勢い余ってどっと草むらに倒れこみ、そのまま思い通りの方向へ引きずりこもうとあれこれ試しつづけ、だが一向に功を奏さず、突き飛ばされたあげくに、絶縁を宣告されてしまった。

最高の漁場《りょうば》たる暖寒流の潮目を逸《いち》早く発見することで、仲間内の首位に立った漁師は、一代で多くの漁獲量を誇った身であれば、老化の早さもやむを得ないところで、性極めて温柔敦厚《おんじゅうとんこう》なはずなのに、その日に限っていちいち癇《かん》に障ることを口走り、日光の照射時間がおそろしく長い半島の南端を回りかけた際に、心臓にただならぬ異変を覚え、しばし身もだえし、あまりの激痛にたちまち意識が遠のき、エンジンを停止する余裕もないまま甲板の片隅にどっとくずおれた。あとはもう無の世界をひたすら突っ走り、ほどなく襲ってきた幻覚はというと、軒並みに黒布を付けた弔旗《ちょうき》を掲げる最中、喪神したように虚ろな目をして立っている妻子と、釣りあげた獲物に止めを刺すための鋭利な銛《もり》を抱えて笑う、親戚縁者の数よりもはるかに多い、いかにも恨めしげな顔つきのクロマグロたちであった。

恩師の母堂《ぼどう》は高齢で、どちらかというと小柄なほうではあるが、存在感に至っては息子をはるかに超えており、のみならず、口にする言葉もひとつとして間延びしたものはなく、温床で育苗《いくびょう》したあと移植されたナスが遅霜《おそじも》に致命的な一撃を加えられたかのように、たったひと晩の空襲によって死都と化した歴史的大悲劇について触れるや、激昂してまくし立て、皇国の忠実な再生にほかならぬスローガンを斉一《せいいつ》に唱和する異様な輩をとことん非難し、国家の術中に陥るまいと手ぬかりなく警戒し、戦争のなんたるかを知らぬ若い学者たちを前にして、立憲政体を大幅に変更するための公聴会を各地で開くような、そんな悪しき時代が再来しつつあることを説き、ただ単に学歴と知識をひけらかしているようでは支配層や権力者の走狗《そうく》になっているだけで、断じてそれ以上ではないときっぱり言ってのけ、凶悪無慚《むざん》な猛撃を加えよという内命を受けて、他国へ侵入する特殊部隊とそっくり同じ存在であると、そう自信たっぷりに決めつけた。

遺産の分配の件で激しくやり合っているうちに、互いに相手を亡き者にしようと企み始め、漁船の根拠地に起居しながら海に魅せられたことがいっさいないまま成人した、当人たちですら見分けかつかないのではないかとそう思えるほどそっくりな双子の兄弟は、互いにまったく同じことをもくろみながら、濃い霧に閉ざされた沖をめざして借りた釣り船を進め、かなりの価値がある屋敷を独り占めしたところで、結局は悪所通いで手放す羽目になるのだから、この際両分すべきかもしれないなどと、そんな大嘘を並べ立てて、相手を海へ突き落とす絶好の機会を窺い、共に背後へ回りこもうと立ち位置を変えたものの、しかし、やったこともない釣りを始める段になって、それぞれの胸中が鮮明に読み取れてしまい、途端に険悪な空気が漂ったかと思うとほとんど同時につかみかかり、くんずほぐれつの必死の闘いがくり広げられ、ややあって、ふたり分の水音が霧の奥へと吸いこまれた。

交通事故で愛児《あいじ》を亡くして泣き沈んでいるうちに夫婦のあいだにひびが入り、ついに本心を打ち明け合って互いを袖にするための言葉を次々に発し、普段は閑寂な屋敷町を活気づかせる縁日の賑わいのなかで、最後通告を少しもためらいもなく認め合った両人は、関係を白紙に戻す契機となった先方の不正直など、もはやどうでもよくなってしまい、それどころか、婉曲な言い回しであったにもかかわらず、返される答えにいちいち慨然《がいぜん》と嘆息したことが、大人げない振舞いであったことをつくづくと思い知らされ、その関心は一挙に財産分与へと流れてゆき、辺りに人も無げな態度を改め、今度は薄気味が悪いほど冷静で柔軟な態度で臨み、やがて、夜店で買い食いをしたがる子どもに絵本をあてがう親であったことをふと思い出したかと思うと、それをきっかけに、独り身の自由が完全に舞い戻ったことを翻然《ほんぜん》と悟った。

戦争が原因で異国の土と化した先祖の霊廟《れいびょう》にぬかずく子孫たちは、終始くすんだ存在でありつづけた父親や祖父らがまだその周辺をさまよっているかのような心地になり、とりわけ、わが子全員に向かって自分の面倒は自分で見るべきだと言いつづけた、矍鑠たる祖母の追憶が生々しく迫り、夜なべの針仕事に没頭することで昼間の悲しみを浄化していた彼女の自律の精神が改めて思い出され、花と線香を供えている途中で同じ血を受け継いでいない自分にほとほと呆れ果てた。その帰り道で偶然出会った老婆に思わず視線が釘付けになり、他人の空似と承知していながら当時を想起して感慨に耽らずにはいられなくなり、あらゆる放出物資を敗戦国の民に過不足なしに平等に配る戦勝国が未だ脳裡の大半を占めつづけていることに改めて驚き、敗北の真の原因が果たしてどこにあったかを今さらながら思い知って、慢性的な絶望へと転がり落ちていった。

先方の不確かな返事を頭から振り払って勝手に結婚式の日取りを決めてしまった女は、もじもじしてなかなか切り出さない婚約者をようやくいぶかしむような目で見るようになり、そして、その気もなければ生活力もないことに初めて気づき、事の重大さを悟ったあとは、ただもう自身の男を見る目がないことにうんざりし、世間並みの幸福すら手に入れられない憐れな立場にあることをつくづくと思い知った。それでも諦めるにはまだ早いと考えて婚姻届を突きつけて激しく迫り、無理やりペンを握らせたものの署名までには至らず、相手は外へ飛び出して行ったきり二度と戻らず、明けて次の朝、風が立ち波が立ち始めて眼前の海原は荒れ模様となり、夕方までには大シケとなって、噂がぱっと広まるちっぽけな港町を翻弄しつづけた。

其ノ六

おのれがかくありたいと願う人物像を、ありふれた観念のうちに封じこめながら、本来剛毅《ごうき》であるべき心をどんどん沈ませてゆき、うらなりのカボチャのごとき人生を送っているうちに、幾多の夢が安っぽい表象のうちに遠ざかり、気性の激しさから、結局は独断のきらいがあるおこがましい答えしか出せず、そして一件落着の好機は、なんととうに過ぎ去ってしまっている。

諦念《ていねん》のうちに消え去ってゆく、一時は愚民のあいだで絶対的実在とまで謳《うた》われた悪鬼《あっき》の存在を漠然と予感させる幻術者は、実はただのペテン師だということがばれてたちまち窮地に陥り、意思の疎通を欠くことなどなんとも思っていない、債権の書類を手文庫《てぶんこ》にしまうときのみに幸福を感じる冷血な理財家になり果て、それでもしまいには、貧寒《ひんかん》とした部屋に独り取り残されても動じない、ひたすら酔生夢死《すいせいむし》しか望まぬ煢然《けいぜん》たる余生を送ったのだ。

宿命的な義務を負ったことで破滅に向かって身を躍らせる羽目になった、あまりに乳くさい青年は、盛り切りの赤飯と黄な粉餅を食してから神詣での支度を整えて家の外へ一歩出るや、紋所《もんどころ》を染め抜いた立派な暖簾《のれん》を惜しげもなく棄てて夜逃げを敢行する和菓子屋の一家とばったり出くわし、いくらも行かないうちに今度は、妻の在りし日の面影を背後に残して新天地へと出立《しゅったつ》する友人に出会い、こざっぱりとした身なりの人好きのする顔の年増とすれ違った。しかしそんなかれらに影響される気配は微塵《みじん》もなく、それどころか、時好に投じたあくまで個人的な破局をめざすための実に巧みな脚韻《きゃくいん》を踏んだ詩を口ずさみ、併せて、かすかな出来事も見逃すまいと周辺に間断なく目を配ることをやめてしまった。

放浪の途中、雀色《すずめいろ》の時を迎えつつある風趣に富んだ田舎町の片隅でゆくりなくも再会した実母を、いきなり声高に罵り始めた娘は、長年溜まっていたやり場のない怒りをここぞとばかりに、身勝手な都合でわが子を棄てた相手にぶつけ、激昂のあまりつかみかかったかと思うとたちまちにして馬乗りになり、鼻血が出るまで殴りつけてから制止に入った者に食ってかかり、ぐったりとなった老婆をほったらかしにしてまた旅をつづけた。その顔にはせいせいした表情も晴れ晴れとした表情もいっさい浮かばず、それどころか、どこか禅味《ぜんみ》にあふれている佩刀《はいとう》した埴輪の風貌を想わせ、とはいえ、人生の序盤から流謫《りゅうてき》されたような苦しい展開と共に、おのれのいかにも辛そうな呼吸音も嘘のようにぴたりとやんだ。

菜花雨《さいかう》にしみじみと感じ入っているうちに、心の曇りをどんどん晴らしてゆく落ち目の役者は、丹塗《にぬ》りの膳を華やかにいろどる、香ばしさにあふれた正月料理に思いを馳せながら、冬場のたまの気晴らしとして雪原を走る橇《そり》に乗せてもらった追憶へと滑りこんでゆき、戦功によって勲章を賜わったことが唯一の自慢である祖父の聞き慣れた小言のあれこれが鮮明に甦り、将来に悪例と禍根《かこん》を残すことになるとして、その死刑囚の助命嘆願運動に参加した血気盛《けっきざか》りの頃を懐かしみ、義絶という難問に脳漿《のうしょう》を絞る瀬戸際に立たされた友人兄弟の面影が迫ると、どこの誰であってもその命の源を遡るならば儚《はかな》さの極みに閉ざされていたことが再認識され、万人がそこから出発したのだと思えば赦《ゆる》せないことは皆無であると結論づけられて、自身またそのひとりにほかならないという無難にしてめでたい解釈が成り立った。

ひと目で恋着《れんちゃく》した若い優男《やさおとこ》をいきなり押し倒し、その上にどっとのしかかる淫蕩擦《いんとうず》れした大年増《おおどしま》は、いかにも手慣れた段取りで事に及ぼうとしたものの、鄙《ひな》には稀なる美形の相手が、妄想と向かい合わせに置かれた臆見《おっけん》を堂々とまくし立て、無礼な笑みを浮かべながら駄弁を弄する性格破綻者だとわかってしまうや、さっと身を離して脱ぎ棄てた衣類をかき集め、青いきれでいっぱいの原野を小走りに走り、幼子《おさなご》に死なれたことによる激しい気落ちを骨惜しみせずに野良仕事に精を出して忘れる女や、話が脇道へ逸れたことなどまったく気にせずに喋りつづける娘たちや、思い余ったその筋に直訴しただけではなく私財をなげうつ覚悟をしっかり固めた偉人や、昼日中から泥酔した夫を介抱する、見るからに豊麗《ほうれい》な男好きのする顔の若妻のかたわらを、夏の真っ盛り一陣の熱風といっしょに駆け抜けて行った。

雑魚《ざこ》は見逃してやるからさっさと消えちまえと、そう事もなげに言って澄ましている、定年間近の情のこまやかな刑事は、それでもまだわずかばかりの誠実さが残っている素行不良者どもの後ろ姿を見送りながら、なんとも複雑なため息をそっと漏らし、さほどの理由もなしに世を拗《す》ね、死をもってちっぽけな罪を贖《あがな》おうとする若者の急増に心を痛め、そのあと、英邁《えいまい》な君主の演述《えんじゅつ》を想わせる名調子が延々とつづけられ、気づいたときにはすでにして日が落ちていた。家路を辿る足どりは重くもなければ軽やかでもなく、敢えてたとえるならば、あらゆる偏見を取り除いているにもかかわらず仕事が見つからなくて手持ち無沙汰な者のそれに近く、二十年も前の夏の真っ盛りに病死した妻の位牌の前に座ってからは、いつものように長いこと動かずに時間を忘れ、言うならば、湯冷めにも似た心境をずっと保ちつづけた。

小役人のにべもない返答に、おどろおどろしい形相で身を震わせている恰幅《かっぷく》のいい紳士は、それでもと思って、疑問を投げかけざるを得ない官許の慈善団体について最初から訴え直したものの、相変わらずの木で鼻を括《くく》るような言い方にとうとう業《ごう》を煮やしてしまい、行政に関わる心根《こころね》の腐敗を鋭く指摘し始めなお且つ、それでも血の通った人間なのかとさかんに怒鳴りまくり、決まり文句の「税金泥棒！」を大いに連発し、その最中、怒り心頭に発した脳裡の片隅には、強硬な反対論に辟易しつむじを曲げて別行動を取ることに決めた、そうした波乱の生涯を独りで担えそうな、信頼するに足る大丈夫のことが浮かんでおり、つまり、いかなる人物を手本にして生きるべきかという真っ当に過ぎる考えへとどんどん傾き、その素晴らしい兆候は反動の疲れが出るまでつづいた。

手の裏を返すように薄情になった母親のことなどまったく意に介さず、風呂上がりに緑の黒髪を入念にくしけずる、まことに気立てのいい娘は、おっつけ帰ってくるだろうと言われながらすでに三時間が経過している、近所の家にお使いに出た幼い弟の身を案じ、この一年余りあどけない表情の園児が立てつづけに行き方知れずになっているという厳然たる事実と重ね合わせで気遣い、併せて、地元に広まっている奇怪な噂にそっと思いを馳せ、全身をつらぬく戦慄に唇をわなわな震わせた。その拉致が変質者の仕業であるならばまだしも、古くから霊山《れいざん》として崇《あが》められている里山《さとやま》の背後にそびえる高峰《こうほう》の主がやったことで、数千年の周期で生贄を欲するのだという、にわかには信じられぬ説に激しく振り回され、我慢できなくなって家の外へ飛び出したところで、駄賃代わりの飴を山ほど抱えた弟と鉢合わせになるや、奇声に近い歓喜の声を発しつつ、ぎゅっと抱きしめてから母親気どりで暖かい居間まで運んでやった。

其ノ七

それが原初的な愛だからといって、素直に了解するわけにはゆかず、それが否定し得ぬ美徳に彩られた万代までの語り草だからといって、いちいち感嘆の声を発するわけにはゆかず、それが危急存亡の時の前座にすぎぬ些細な悲劇だからといって、笑い飛ばすわけにはゆかず、それが相手の出方を過《あやま》たずに見るとびきりの冷静さだからといって、微塵も疑わぬまま尊敬するわけにはゆかなかった。

主導権をもって、素行不良児を馴致《じゅんち》することに情熱を燃やしながらも、そんな自分をただの一度も疑ったことのない真っ当に過ぎる教育者は、どんなに父兄と懇談したところでそう簡単には解きほぐせぬ思春期の問題のあまりの複雑さに徹底的に打ちのめされながらも、まったくへこたれず、説教がましい言い方が祟ってあとで吠え面をかく羽目になったとしても、周囲の者が呆れ返るほど素早く立ち直り、辺り憚らぬ高調子《たかちょうし》でまくし立てるせいで深夜に家人を起こすことも多々あったが、なぜか抗議はされなかった。

信じられぬほどの長日月《ちょうじつげつ》を注ぎこみ、生活費の捻出に四苦八苦しながら、ついにまとめあげた画期的な研究論文を、これまた借金をして上梓したことでいっそう声価を高めた老学者は、志士の概がある錚々《そうそう》たる連中の集まりに招かれたものの、背後に権力の悪臭が感知されたことできっぱりと断り、その言い方が露骨に過ぎて猛烈な反発を食らう羽目になり、生前の功労の内容が曖昧なために、死後必ず反問の対象にされる御用学者どもに否定され、ろくでもない噂を堂々と撒き散らされ、それでもなおまったく意に介すことなく、すぐにまた光り輝く孤独の立場へと舞い戻ってゆき、出世の足がかりをつかもうとしてもそうそう上手くはゆかないものだというたぐいの皮肉や揶揄がまったく届かないほどの精神の深さに達し、古今東西まだ誰も挑んでいない崇高な主題を真正面に据えて、理知そのものの炎を静かに燃やし始めた。

仏壇の前にかしこまるようにして独り静かに夕餉の膳に就く、年金だけの倹《つま》しい生活者は、お人好しのせいでいつも貧乏くじを引いていた亡友の忘れ形見が成人したことに思いを馳せ、然るべき時に持参金を付けて嫁に出すという口癖をそっと胸のうちで真似てはみたものの、傍観のみで何もしてやれない無力な立場に気づかされた後、いつの間にやら出てしまった人生の答えに苛まれ、常に敵対的な運命の気配を察してほうほうの体で引き下がり、あとはもう安酒を一杯ひっかけて熟眠のなかへ逃げこむしかなく、急いでせんべい布団にもぐると若き日の思い出を貪った。ところが、夢のなかで今なおしっかりと胸に焼き付いている飢餓線上にあった幼少時代に迫られて、栄養不足からくる冷え性と闘いながら、近所から分けてもらった少量の餅米を寒晒《かんざら》しにする、四十歳の誕生日に死んだ母親の、温かいふところへと飛びこんでゆく。

それが本当に文学中の白眉であるかどうかという件について大真面目に熟議を凝らす、真っ当に過ぎる読者の数人が、彼の小説のなかでは上作のほうだという世間の批評が明らかに過褒《かほう》であることに気づき、具体例をいくつか挙げて話し合っているうちに図らずも全員の意見が一致し、ならば、どの作品がそれに相当するのかという問題に移り、ああでもないこうでもないとさんざん揉めたあげくに、一長一短に妨げられて決めかねてしまい、最後には「そもそも文学とはなんぞや」という普遍的なテーマにぶち当たり、いかにも青臭い喧々《けんけん》諤々《がくがく》がくり広げられ、酒が入ったことで収拾がつかなくなり、いつものようにどうやっても飲酒癖から脱け出せない者たちが互いに依存し合いながら、真のおのれの在り方なんぞを問い直してみても、結局何も始まらないことに遅ればせながら気づいた。

数ヶ月後には身ふたつになる女がおもむろに腰を上げたかと思うと、奈落の底を想わせるほど深いため息を漏らし、その直後に、家事の手伝いをてきぱきとやってくれないので焦れったいと言い、頼りない年下の夫をすっぱりと見限っておのが人生をいきなり自律的な展開へと移行させ、その足で見習うことが多い友人を訪ね、着物の裁ち縫いの仕事で細々と食いつなぐ出戻り女の鮮やかな手さばきに驚き入りながら、その見事な技術を教えてもらいたいと頼みこみ、それからふたりで「男なんて……」を吐き散らし、自宅から電話がかかってくるまで学生時代の良き思い出話に耽り、真っ暗闇の草道を歩いて帰宅する途中、彼女はだしぬけに強烈な不安を覚え、自分が今どこに身を置いているのかも、身籠っている自分がいったい誰であるのかもさっぱりわからなくなったところで、前方に一条の光が認められ、迎えにきた夫がかざす懐中電灯によって瞬時にして救われたのだ。

さもそれらしい素振りを見せながら国政の枢軸となって社会を動かしつづけ、人を人とも思わぬ態度がすっかり板に付いている、好き放題に権力をふりかざす連中は、民族主義の毒杯を傾けているうちにとうとう異様な蛮気に駆られてしまい、封建主義の残滓《ざんし》によってがっちりと支えられた高質の強固な基盤をもう一度利用しようと企み、ために、近代思想の大河をなす民主主義がその仮面を剝ぎ取られる日もそう遠くないはずだというろくでもない空気が漂い、実際には尽忠《じんちゅう》報国の精神とやらの意味を正しく解き明かしてみせられる者など皆無なのに、ただもうひたすら世界に冠たる軍事大国をめざして最悪の冒瀆を雨霰《あめあられ》と降り注ぐ近未来へどんどん傾倒してゆき、されど、天皇の神聖化の再燃を黙許《もくきょ》する愚民のために場所を空けることを拒む勢力もほぼ間違いなく存在する。

四六時中、三百六十五日、厳しい戒律のあれこれにいちいち敏感に反応する、朝夕の礼拝を欠かしたことがない敬虔な信徒は、樹液のごとく粘っこい因習の打破に挑みつづけるも力闘及ばずにそのつど撥ね返されてしまう、常に真骨頂を発揮する学者として令名が高く、余命の年数を考えるたびに滋養に富んだ食べ物を口にしたがる極め付きの無神論者に面と向かって完全否定の言葉を次々に浴びせ、双方の議論が行き詰まったことで事態は急激に切迫し、あげくの果てに暴力沙汰にまで発展し、いきなり襲いかかって相手の首筋をひっつかむや組み伏せて馬乗りになったひとりは、ほどなくして静かにその場を立ち去り、床の上に仰向けにひっくり返って微動だにしない敗者としてのもうひとりには、忌まわしくも歴然たる絞殺の跡が残り、時間はがちがちに凍りついたままその流れを完全に停止していた。

賢母に育てられたせいで、品格を高めるための立派な師友を持つことができ、美に対する鋭い嗅覚を存分に活かしながら、通人としての頭角をめきめき現したものの、残念なことに志半ばにして遺伝的な病に斃れてしまい、痛々しいほど痩せこけたその亡骸《なきがら》は遺言に忠実に従って秘密裏《り》に処理され、つまり先祖の墓には埋葬されずに骨壺ごと近くの山上湖《さんじょうこ》にそっと沈められ、見かけよりははるかに深い、もしかすると異次元への入口かもしれぬ湖底へと呑みこまれてゆき、それきり追憶も途切れたのだが、しかしそれ以後、深夜が訪れるたびに湖面の中心部にほの明るい光のかたまりが認められるようになり、目撃した者は老若男女を問わず、束の間ながらも言い知れぬ幸福感に浸ることができた。

其ノ八

ただの噂にとどまったままの巧《うま》く仕組まれた陰謀のように危うい、互いに反目し合うばかりの、異なる流派のごとき関係にあふれたやりきれなさでいっぱいの現世を忌み嫌いながらも、あにはからんや、体質が虚弱であればあるほど命を持たぬがらくたの対極にある存在へとまっしぐらに突き進む人々は、きょうもきょうとてはるか彼方にまばゆいあしたを夢見る。

麗々とおのれの長所を並べ立てながら空事ばかり言う恥知らずな為政者の卵は、民主主義の在り方に反するのではないかというかなり切実な声に対して塞《ふさ》がれたままの耳を少しも意に介さず、今年は私の当たり年だとそう思いたいのだが、夢はまだ緒《しょ》に就いたばかりであると謙遜してみせ、親心から出た行為と自分に都合よく解釈して、実家から金銭的な施与《せよ》を受けつづけたあげくに、なぜか投票日を目前に控えて出奔してしまった。

どこの誰に対しても時代遅れな疑問をさかんに投げつける、貧相を誤魔化そうと鼻下に髭をたくわえた言動が粗暴な人物は、いつものように酒に酔った勢いで大暴れしてから馴染みの居酒屋を叩き出されたあと、物陰に身をひそめて通りがかりの他人の脳天を鉄棒でがつんとやりたがる、そんな救いがたい変質者とばったり出くわした。当然の成り行きとしてくんずほぐれつの展開になり、しばらくのあいだ勝敗の目処《めど》が立たず、無言の格闘がだらだらとつづき、両者揃って意識を失いかけたとき共に同じ幻覚に見舞われ、視野の彼方に横たわる美しい夜景に心が洗われたかと思うと、自分たちの居場所こそが地獄そのものに違いないと確信され、同時に殴り合いをやめたふたりは、そこにはない何かを求めるような歩調で闇の奥へと消え去った。

きょうもまた学生時代の歓喜につらぬかれた日々を回想する、売卜《ばいぼく》を生業《なりわい》とするよぼよぼの年寄りは、事と次第によっては、要するに命を奪われてもかまわないのなら、これきり借金の返済を求めないがそれでもいいかと言って、お決まりの脅しをかけてくる取り立て人を鼻であしらいながら当時の流行り歌を口ずさみ、独語癖のある資産家の息子から人里離れた別荘に招かれて存分に饗《きよう》された思い出をじっくりと嚙みしめた。そうすることで人生の出口は至る所に見いだせるはずだという思いをつのらせ、この世は所詮仮の宿りにすぎないという希望的観測に塗りこめられた信念らしきものを再確認し、かなりの価値がある屋敷を兄弟で両分したあと悪所通いで手放す羽目になったことや、深慮なしに前借を払ってその芸妓を身請けしたことや、羽織に染め抜いてもらった昇り藤の家紋の出来栄えに思わず嘆声《たんせい》を漏らしたことなどを、落涙《らくるい》や独り笑いと共に大いに懐かしんだ。

どこまでも煮え切らぬ態度の泊り客を念入りに観察しながら、根掘り葉掘り問いただす海千山千《うみせんやません》の女将《おかみ》は、祖母の教えを体《たい》しながら威厳を保って生きるための指標をしっかりとひとつにまとめあげた経験談を持ち出し、好ましい偶然が重なったことによる幸福と見なされて、影の努力が無視されたとしてもまったく気にする必要はないと諭し、勢いこんで話すその語り口は空へ向けての発砲よろしくハッタリに終始していたけれども説得の効果としては充分過ぎるほどで、存在価値をありのままに認めてもらえないというただそれだけのことでおのれの命を絶ってしまおうとしていた散文的な青白き青年は、あたかも晴れがましい席に出たときのようにいっぺんに朗色《ろうしょく》を取り戻し、年相応の溌剌さを爆発させたかと思うと、だしぬけに眼前の年増をぎゅっと抱きしめて激しく唇を吸いながら、襟元から手を差し入れて胸をまさぐった。

学窓とはまったく関係のない人生を送りながらも、古美術品についてはなかなか目が高い、気さくで気のおけぬ人柄ながらも、いざとなると残酷なほど強硬な態度に打って出る男は、どこか熱帯地方の総状花序《そうじょうかじょ》を想わせる一風変わった絵画を展示会場から搬出する作業員たちの交わす視線のどれもが、疑念と呆《あっ》気《け》にあふれていることに気づき、それこそが偽らざる審美眼ではないかと思ってしばし様子を窺い、聞き耳を立てていた。だが、期待していたような言葉は聞かれないままコンテナトラックが次々に出発して真夏の暑気の渦に呑みこまれ、あとに残されたのは取るに足らない一抹の無念さのみで、しかし、帰りがけにたまたま熱風に運ばれてきた、容姿端麗《たんれい》な若い学芸員のつぶやきが、つまり「あの画家さんの評判も死んだらおしまいよ」のひと言が、いたく胸に響いたかと思うと、高温多湿の鬱陶しい昼下がりをいっぺんで撥ねのけた。

いずれは滅亡に終わることになってしまう父親が一代で築き上げた巨富《きよふ》を守ろうと孤軍奮闘する、跡目を継いだばかりの妾出《しょうしゅつ》の子が、増税が決まった途端に見切り品が増えて売り上げが激減し、しまいには資金繰りも覚束《おぼつか》なくなって窮地に追い詰められ、心をほかに移そうと不毛の快楽を追い求めた結果、法律の制裁を受ける羽目に陥り、ついには収監の憂き目に遭って出所後の人生が濃い影に塗りこめられた。誰の目から見ても再起不能は間違いのないところで、救われるただひとつの手段は自死のみということになり、ある晩夢のなかで何者かの声を聞き、その夢が告げるには、数ヶ月後に悪運の連続が終息するということで、すっかり元気づけられた彼は、半年後に外国への密航を企てて見事成功したのだ。

一段と結束を固めながら再編成によって組織の維持と勢力の拡張を図る、法律の遵守が末端まで浸透している異常な国民を差し置いて傍若無人に振る舞いつづける、なんでもありのならず者たちは、悪を善に置き換え詭計《きけい》を案じて裏社会の地盤を築きあげた、まことにあこぎなやり手として蔓延《はびこ》り、道理に適《かな》っているとはお世辞にも言えぬ統制経済の隙間を縫って暗躍し、完全犯罪を念頭に置きつつ非情な周到さで準備された殺人を幾度となくくり返し、無能に過ぎる捜査関係者を愚弄し、図に乗り過ぎて、伸《の》るか反《そ》るかの切羽詰まった状況に追いこまれるや、思案の果てに打ち出された無謀な殴りこみのせいで、結局は全員が腰縄付きでしょっ引かれる羽目になり、空っぽになったかれらの巣窟《そうくつ》はハクビシンのねぐらと化して朽ち果ててゆき、しまいには浮浪者の火の不始末によって完全消滅した。

当代随一の碩学《せきがく》という良師に恵まれたうえに、尋常ではない努力を払いつづけることで門下の逸材と謳われるまでになった青年が、一同の熱賛を受ける最中に現代医学でも解明不可能な奇病に斃れてしまい、将来を嘱目《しょくもく》されていた俊英の夭逝《ようせい》が残した無念さは長いこと尾を引き、しばらくの後かっちりと定められた万物の尺度にひたと身を寄せて、人格の形成にこれ努める君子と呼べる者が現れ、深手を負った関係者の心はみるみる癒されてゆき、ためにかつての勢いが盛り返され、ほんの少数の者を除いては人間らしい人間としての根源の姿に立ち返ることが可能になり、当てどもない憧憬という迂路《うろ》を経てようやく現実に引き戻されたかと思うと、苛酷な世を欣然《きんぜん》として生き延びるためのこれまで以上の素晴らしく力強い歩みを再開した。

風を見たかい？

軟風を追って

この上なく清らかに輝ける春の真っただ中を、まるで水鳥の綿毛のようにふんわりと暖かく、蜃気楼のように神秘的な風がそよそよと吹き抜け、きらきらと照り返る真昼の光や、さらさらと流れるせせらぎの瀬音や、ぼうっとかすむ淡い緑の木立や、潑剌とした候鳥《こうちょう》のさえずりといったものが、生きるという遊びを心から楽しむ、どこにでもいそうな宿なし、決め手を欠いた自由人、はたまた一介のやくざな根なし草としてのこのおれに、柔軟にして抗《あらが》いがたい衝動をそっと与え、流浪《るろう》に継ぐ流浪のせいで畏縮へと向かいつつあった心を、まったくもって申し分のない歓喜でいっぱいに満たしてくれ、しまいには居ても立ってもいられなくなり、そしてとうとう、ここそ爛漫《らんまん》たる五月の中心部ではないかと思えそうな、とある里山へと誘い出されてしまったのだ。

次から次へと視界に飛びこんでくる原野も雑木林も田園も山々も河川も、すべて熱に浮かされた幻想とよく似た、どこまでも淡い光景を成し、この調子でゆくと、絶滅危惧種には付き物の謎のごとき生涯を辿ることだって可能ではないかとさえ思え、それどころか、きのうでもあしたでもない、きょうというこの日が永遠の始まりではないかと、唐突に聖なる命を所有する歓びに我知らず打ち震えてしまう。

天文学的な数にのぼる原子によって、内的矛盾のあれこれを許容するおれという人間を構成し、何から何までが平均的な肉体も、また、二十三年という歳月に押しつぶされぬまま現在に至る、限りなく野放図《のほうず》な自由が核となっている精神も、生まれ落ちて以来、浪費されるばかりの生とは厳しく一線を画しており、嫌悪してやまない点などはどこを探しても見当たらず、しかも、おれの昼と夜を残らず捧げる青春の日はまだまだ翳《かげ》っていないのだ。生来の巍然《ぎぜん》たる独立精神と、それを裏付ける底抜けの楽観主義は未だ健在で、だからといって、度を越えた欲望や手に余る野心にそそのかされてありふれた軽挙妄動《けいきょもうどう》に走ってしまうことはなく、おかげをもって、今もって官憲どもの手に落ちたためしがなく、指名手配をくらったこともなければ、不審尋問の対象にされたことさえもない。

おれが犯罪者かって？
偽りで満たされたごろつきかって？

そう思いたい奴は思うがいい。敢えて否定もしなければ、敢えて肯定もしない。むしろ積極的に孤立化された一個人としてのおれは、海を渡る風のように、森を抜ける風のように、山岳地帯を越える風のように、はたまた砂漠の面を滑って行く風のように、さまざま不文律や決まり事や規範や法律といった七面倒くさいしがらみのあわいを難なく縫って進む、さしずめ「風人間」といったところだろう。

地歩を固めることなどまったく無関心な、おれという放浪者は、おれ自身にも、おれ以外の数知れぬ人間たちにも、一瞬の瞥見《べっけん》さえも投げたことはなく、そして、この世界にもさほどの嫌悪を感じておらず、ために、何が悪であり、何が罪であるかを決めつけたがるような愚かな真似はせず、そうかといって、屈辱的な依頼心にねじ伏せられた人々の妄想から誕生した神や悪魔のたぐいと黙示の契約を取り交わした覚えもない。要するに、生存条件に対していちいち小うるさく言わず、何がなんでもこの世のどこかと一脈のつながりを持とうとせず、ありもしない種類の幸福をがむしゃらに追い求めたりしない、自分で言うのもなんだが、実に稀有なタイプの人間であり、従って、未来に万事を期待することなど間違ってもなく、思い出の心地よさを真に受けて過去に重きを置くことだってないのだ。

おれが今またがっているこのぴかぴかの自転車はいったい誰の物かって？

そんな細かいことをいちいち訊《き》き出したらきりがない。おれが身につけている一切合財は、我ながら呆れ返ってしまうほど派手な柄の下着から、青いスエードのジャンパーから、骨董品の値打ちがあるかもしれぬ機械式の腕時計から、蛍光発色のスニーカーから、汗の臭いを吸収してくれる靴下に至るまで、そっくり同じ質問をくり返さなければならなくなる。早い話が、おれのことをあまり詮索しないほうがいいという意味だ。

もしもこの警告めいた忠告を無視すれば、最後には質問者自身がおのれを追いつめてしまうことになるだろう。自分に不足していたものと隠しきれぬ願いがあまりにも多過ぎることに気づいて、強烈な脱力感に襲われ、これまでは生きているふりをしていただけであったことが判明し、恥辱の重圧にさらされて立ち直れないほど愕然《がくぜん》となり、あげくの果てに、せっかく授かった命の十分の一、百分の一、千分の一、いや、万分の一も生きていないことを翻然《ほんぜん》と悟る羽目になり、心塞がれる日々を延々と送らなければならなくなり、燃え爛《ただ》れた大口をぱっくりと開けている虚無という名の怪物に呑みこまれても、おれは知らん。とはいえ、その覚悟ができているというのなら答えてやってもいい。

この自転車は間違いなくおれの物だ。
しかし、同時に他人の物でもある。
つまり、万人の共有物というわけだ。

ふざけるのもたいがいにしないかだって？

おれとしては大真面目に答えているつもりだが……。何度でも言ってやるがこれはおれの自転車だ。駅前の広場の片隅に駐輪されていたときまでは確かにおれ以外の誰かの物だったのだろうが、しかし、今はおれが真の持ち主だ。こうしてハンドルを握り、ペダルを踏みしめていること自体が、何よりの証拠にほかならないではないか。もっと端的に言ってしまえば、おれが欲する何もかもがおれの物ということになる。つまり、この世界そのものがまるごとおれの所有物なのだ。

どうかな、わかってもらえたかかな？

真っ当な社会人から必ずや反目《はんもく》を招く、どうにも感心できない、盗っ人の屁理屈だって？

恥じらいを失くした異言《いげん》を語っているだけだって？

まあ、好きなように解釈するがいい。世間を埋め尽くしている公準とやらの何もかもが気に染まないおれなのだ。それに、もともとおれはおれ以外の誰とも論争をくり広げる気なんかないのだから。物心がつくかつかないうちに、すでにして自分自身にしか仕えないと決めていたおれの胸中など、他人にはおよそ察しがつけられないだろう。さらには、肉体と精神の成長段階において着々と築き上げていった自由の砦が、いかに堅固なものであるかということについても理解が及ばないだろう。

おれは世を避ける者などではない。

世のほうがおれを避けることはあっても、その逆は断じてない。

おれこそがまさに自由の第一人者であるというれっきとした事実は、永遠の始まりを想わせてくれそうなこの風が見事に証明している。そんなおれに引き換え、地獄とのあいだに接線を引いているような卑小な大地に住まう残余《ざんよ》の者たちは、胸に宿る大志がいかほどのものであろうと、いつまでも朽ち果てそうになり知性がどれほどの輝きを放っていようと、その心も、その精神も、その魂も、国家や社会や職場や家庭や身内や友人や隣人という頑丈な分だけ痛ましい鎖に繋がれており、ために、空疎な印象を残すしかなく、数々のしがらみによってぼかされた道を歩むしかない、ごく下等な生き物よりも悲惨な生涯となるのは、まさに当然のことなのだ。

そうはいっても、非の打ちどころなきこの自由が、渡り者だけのいとも悲しき特権などとゆめゆめ考えてもらっては困る。逞しい確信に満ちた自由は、万人に共通する、万古不易《ばんこふえき》の権利なのだから。ただし、くだらない道徳や窮屈な特権階級のために設けられた法律に毒されつづけている世間の連中は、克服不可能な困難をみずから作り出して身動き取れない状態にあり、その基本的権利を行使できないまでに感性を疲弊《ひへい》させてしまっている。代々にわたって見せ金に惑わされるようにしてインチキ臭い権力や権威に洗脳されつづけてきたかれらは、自由にできるのはおのれの屈辱的な労働によって手に入れた物に限ると信じこまされているだけなのだ。そうやってちまちまと生きることで、人間らしい人間としての最も大切な特性をどんどん滅してゆき、ついにはものの道理とやらを教え諭す側の情けない輩へと落ちぶれ果て、退歩と破局という形で、自分で自分の首を締める羽目に陥ってしまう。

そして、かれらの対極に位置する、露骨にして単純明快な犯罪者たちはというと、このままだと罪の深みに沈んでゆくばかりではないかという、甚《はなは》だしい錯覚の負い目の重さに喘いでいるうちに、年季の入った刑事によってひと目で見抜かれてしまう露骨な特徴を具えた、暗くていじけた顔つきと、おどおど、びくびくした物腰がすっかり板についた、姑息なゴミクズ野郎に成り果て、遅かれ早かれブタ箱の世話になるか、最悪の場合には、絞首刑などという公的な殺人によって生存の権利さえをも剝奪されるのだ。しかし、このおれは、二重の理由によって、そんな輩と同類ではない。まずは、刃物を胸に擬したり銃をちらつかせたりして欲しい物を手に入れたことがなく、舌の先で相手の金を巻き上げたこともない。それに、情欲に逸《はや》って行きずりの女を手籠めにしたことだって一度もない。

また、実はこれこそが決定的な差違なのだが、連中のように罪の意識などという自虐的な尺度を毛ほども持ち合わせていない。なぜって、空気や水と同様、この世に集積されているすべての物がおれのために用意されているという、けっして揺るがない認識と信念とが、遺伝子細胞のひとつひとつにしっかりと組みこまれているからだ。あまりにも身勝手な、極めて粗笨《そほん》な論理だと言いたければ言うがいい。ほとんど仮死状態の世間と対峙するときのおれは、自尊の念に優先権を与えられたことによって見るからに躍如《やくじょ》とした、どこまでも別格の、いかなる事態に陥っても自分自身を置き去りにしない、簡素にして飄々《ひょうひょう》たる存在なのだ。

途方もなく簡略化された人生を送るおれという人間は、どこまでもおれ自身でありつづけている。常に頑迷な時代を生きることを強いられ、慎重な言い回しを迫られ、涙ぐましい策を弄して、そつのない一生を送らなければならない、あくせくと社会的地位の保持に心を労さなければならない、ときにはぞっとするような沈黙を守らなければならない、抵抗の範囲がいつもいつも問題提起にとどまるしかない、良き社会人や模範的市民という、国家に騙されやすい国民の一員ではない。

罪のなかの罪と呼べるほど大きな不正を働いているのは、無能な上に怠惰な為政者であり、陰謀に明け暮れる権力者であり、強欲極まりない資本家であり、卑劣な手段に麻痺している高級官僚であって、ほかの誰かであったためしなど一度もありはしないのだ。罰せられるべきはかれらなのに、徹底的に罰せられたことがほとんどないという、この理不尽な事実をなんと見る。弁証法哲学に照らすまでもなく、人間的な格としては、少なくともおれのほうがかれらよりはるかに上だと言い切ってもいいだろう。だから、おれのことをむやみやたらに反社会的な落ちこぼれと決めつけないでもらいたい。いわんや、犬の糞のようにその辺にいくらでもころがっている、十把《ぱ》一絡《から》げのこそ泥なんぞといっしょにしてほしくない。どうしてといえば、ひっきりなしに刑務所を出入りして一生を終えてゆくかれらにはないものを、あるいは、かれらとは正反対のものを、気まぐれな歩みをよしとするおれはどっさり持っているからだ。

生命の原理に基づいた心湧き立つ思い……、
孤独から生まれた知的な所産……、
依拠するものがないことによる、絶対に凍りつかない魂……、
ひもじさにも寒さにも打ちひしがれることなく、おびただしい苦しみに満ちたこの残酷な四次元の世界を、肩をそびやかしながら巧みに縫って行ける傑出した手腕……、
自身のなかに脈打っている、形而上学的観点を排した、哲学的な見解のあれこれ……、
おれのなかをあらゆる気高い風と共に走り去り抜ける素晴らしい恍惚……、
そして何よりも、歓喜を膨らませることに長《た》けた才能……。

要するに、地上の栄耀栄華《えいようえいが》は余すところなくおれのものというわけだ。さりとて、侠盗《きょうとう》を気取るつもりはさらさらない。おれはおれ自身にとって最小限必要な品物をその場その時に得るだけで、貧しさに喘ぐ人々に分け与えてやろうと考えるほどのお人好しではないし、それほどまでに偽善的な自己顕示欲も持ち合わせていない。所有する喜びにしても極めて淡泊であって、おれのみに属する品物などは皆無に等しい。

悪とは何か？
人の本性に根ざした、けっして拭い去れないものなのか？
罪から出た所業をさして悪と呼ぶのか？

そうした解釈は完全な誤りだろう。とまれ、常に超越主義に限りなく近い所に身を置いているおれとはなんの関係もない事柄なのだ。おれの思考とおれの行為は山上湖で浄化された風のように純粋無垢であり、堅固な城塞や究極の素粒子のように破壊しがたいものであり、悪はむろん、善とも無縁であって、それだからこそ、静かな満足のうちにこうしたうららかな季節を素直に受け容れることができるのだ。虚飾の色調をまったく帯びていないおれの心にそっとまとわりつくこの軟風は、無用な怒りを排除するための土壌となり、すぐに身近に巣くっている安らぎの元をさらに育み、のべつ新規まき直しの力を授け、ひとりでに口笛を誘発させる。そして、その甲高い音波が空の高みに届いて揚げヒバリを刺激し、世にも麗しきさえずりが確然とした霊と肉の強固な結合を促してやまない。甘美この上ない五月の自然が提供するさまざまな感激が、情熱の欲するままに全国津々浦々を単独でさすらうおれの充足を遡及《そきゅう》的に増大させ、生の充溢への著しい専心をますます促進させ、かなり明確な意図をもってぐいぐいと命の後押しをする。

狂奔《きょうほん》のゆらめきを呈するほど激しい陽炎に覆われた山野に咲き乱れる千草《ちぐさ》は、からみ合い、もつれ合う美を軟らかな風に溶かしこみ、イチイとムクゲの木立に囲まれた共同墓地に漂っている、世代を移すための死の気配は、歳月を食い尽くす絶えざる変動によって影をひそめ、谷川から引かれた水をいっぱいに湛えて、あとは稲の苗を待つばかりの水田地帯は、きらきらの陽光を撥ね返す巨大な反射板と化して村落の隅々まで照らし、ときとして、黒ずんだ宇宙の奥処《おくが》までをもちらりと垣間見せる。

過ぎし昔がどうであれ、おれの眼前で次から次へとくり広げられる今現在という刹那は、奇跡として示現《じげん》した光景のようにひたすらまばゆく、自分がいかなる存在であらねばならないのかという、啓発的にして意欲的な答えをすんなりと導き出し、際限なく枝分かれしてゆく時劫《じごう》の本質をあざやかに開示してみせ、常に無ではないことの意味と意義について完全な理解を遂げさせてくれ、軽蔑や同情の的に仕立て上げてしまう耳障りな不協和音を永久に殺す。だからといって、甚だもって移ろい易い季節の全体が華美《かび》に流れてしまうことはなく、各種の命を爆発させるという偉大な責務を負った五月でありながらも、控えめで鷹揚な態度は少しもくずさず、死を基にして生を捉え直すには打ってつけの惑星にしっかりと根を張っている。

すでに確証済みの安逸《あんいつ》を貪るには最適の、この平和をかき乱す気象条件は、目下のところ、どこにも見当たらない。動植物の世界における赤裸な生存競争も目につかない。か弱い生命が挙って春の支配下に入ることで、始まりも終わりもない存在のふりをしている。孤独には強くても人込みには弱いおれだが、この里山をいっぱいに占める楽しげな静寂の何もかもを自分の後援者と見なすことができる。ごくごく凡庸なのどかさと、じわじわ五感に浸透してくる春景《しゅんけい》の完全な和合を生々しく体感するおれのどこをどう探ってみたところで、およそ退行の予兆は感じられない。この世を満たすものが、このおれをも満たしている。おれという男は、なんだかんだと言いながら安っぽい救いを夢見るような、行きて帰らぬ歳月を尻目に怠惰に惚《ほう》けるような、そんな腰抜けではない。おれの行く手を照らしているのは、洞察を深めてくれる真理の光だ。おれの背中を押しつづけているのは、本物の自由を成したいという切実な願望だ。

おれのことはさておき、嬉々として野良仕事に精を出す村人たちの姿を見るがいい。

それが、絶望への転落を余儀なくされる者の後ろ姿か？

それが、探るような目つきでよそ者を見つめる排他的な面構えか？

それが、不平不満に囲まれ、寂しき魂が激しく疼《うず》くたびにいじけ切った悪態をほとばしらせる口か？

それが、地域社会という闇の迷宮を先祖代々さまよう宿命を背負った人間の身のこなしか？

土地にしっかりと根付いているかれらはまさしく生者の典型であり、断じて限界集落の重圧に喘ぐ者などではない。他方、生気のしぶとさにおいてやや劣るところがあるとはいえ、農民の目から見れば影のごとき存在に等しい放浪者のおれも、有益な言葉と連れ立って流れる、とんだ食わせ者の思索者として、これまた間違いなく生きている。たっぷりと寓意を含んだこの牧歌的な軟風のなかに在って、双方の心は遠く隔たっているにもかかわらず、さほど根源的な相違はなく、共におれたちは、物心ついてよりこの方、自らの使命を遂行する意志を持ち、おのおの人生をめいめいの運命に適応させ、それなりの自己形成へと向って潑剌としている。これほど喜ばしいことはない。

おれを誤らせてしまった原因を尋ねているのか？

それは心外だ。まだそんなふうにしかおれのことを見ることができないのかと思うと、とても残念だ。そして、気の毒に思う。おれのことを、実りある生涯をまっとうできない、思い出ひとつ残せない、無に等しい、はみ出し者と決めつける前に、自分が隷従生活に甘んじている身の上であることに気がつくべきではないのか。先祖伝来の田畑《でんばた》に首根っこをがっちりと押さえこまれている農民も、土地に拘束されないどころか、生涯にわたってクラゲのように漂いつづけることができるこのおれも、清爽《せいそう》な軟風の真意と神髄とを余すところなく理解して堪能しているのだ。そう、まさにその通り、おれたちはどこの誰の一《いっ》顰一笑《びんいっしょう》を窺う必要のない自由人なのだ。しかも、生活の安定さにおいてはともかく、自由の深さの点においては、このおれのほうがはるかに優っている。農民は厳冬の寒さに震えながら、ときとしてくたびれ果てた運命を感じながら、待つ身の辛さに耐えながら、この風を待っていたのだろうが、しかし、おれのほうはもう年が明けて間もない頃から、この風に触発されて桜前線を追いかけている。

「風人間」を自認してやまぬおれは、口笛をやめて鼻唄に切り替える。人に明かしてはならぬ一身上の事柄など皆無だ。必死になって口答えしなければならないような相手は絶無だ。だから、いついかなる場合においても、自分自身を取り逃がしてしまうようなことにはならない。きのうまでのおれをかなぐり捨ててきょうを生きるおれは、どんな種類の風にもおのれを適応させることができ、そしてその思いに取りつかれたのなら、直ちにわが生の続行を阻止し、春を道連れにして魂を即座に死の風に乗せてやることだって不可能ではない。

けれど今は、未来への憧れのみを運んでくる軟風が命の放棄と魂の破産を許さず、燃え立つ緑が死の萌芽を阻止している。およそここには、力なく悲しげなものはひとかけらもない。

「おまえのような奴はくたばってしまえ！」

そんな声はどこからも聞こえてこないし、胸のうちにも響いていない。

きょう、おれが目をつけているのは、到底盗みきれたものではない、豊饒なるこの季節のみだ。ところが、盗まれたのはこっちのほうで、すでにしておれの霊肉《れいにく》はまるごと春に奪い取られてしまっている。

菜の花畑を乱舞する、それなりに美しい、ありふれた蝶たちが、文句なしの季節の恩恵に浴している。その向こうでは、動物的弱点と真っ白な尻をまる出しにした、まだ十代とおぼしき男女の溌剌たるまぐわいが、満開の大ヤマザクラのごつごつした根元を艶めかしく飾っている。

夜嵐をついて

冷酷な強風と無情な暴雨がでためらに織りなす、状況次第によっては何が起きたとしてもおかしくない、猛烈な嵐の午後十時半。

客の素性なんぞにはまったく興味を示さない、恰好の宿を探しあぐね、やむなく夜行列車に飛び乗ったおれは今、芳《かんば》しくない景気がつづく最中、日々の暮らしを営む空虚さを暴露し、在りもしない脱出行を求め、貧困の叫びを上げつづける、北国の地方都市を離れ、せいせいした気分に浸り、腹応えのある駅弁を食べながら、すこぶる快適な南下の旅を続行中。

窓外の大気の混乱が不可抗的なものであれどうであれ、崖崩れがトンネルを塞いだり、倒木が線路に横たわったり、川の増水が鉄橋を破壊したりしない限り、著しく道義性を欠く、このややこしい世に授けられた、明朗にして快活なわが命は、まずもって安泰というわけだ。そして、政府を拒否する空想的な理念のように、日没と共に襲来した夜嵐と、危うき運命をすいとかいくぐって心弾む流浪を重ねるおれとの関係が好ましいものであるかどうかは、ひとえに状況の偶然性いかんにかかっている。挑発的な悪天候のほうはいささか向きになっているきらいがないわけではなく、しかし、おれのほうは、激しく落ちかかる稲妻と雷鳴をも含めた秩序なき激動を、目の保養になりうる光景として余すところなく受け容れ、なお且つ、移動中の退屈を紛らせてくれる刺激的な伴奏と受けとめている。

突発的に発生したという低気圧の混沌は、なぜかは知らぬが、いつもは物静かなおれをいやに奮い立たせ、けだもの以下の盲目的な衝動に駆り立て、おのが魂までの射程距離を一挙に縮め、さらに、まるで永遠の喜悦なるものが実在するかのごとき錯覚を与えてくれるのだ。よしんば乗客の全員が揃って世界否定者であったとしても、そんなかれらが総動員を掛けて根っからの極楽とんぼであるこのおれを潰しにかかったとしても、絶え間ない放浪と窃盗行為の緊張によって逞しく鍛え上げられた、底抜けに明るい精神が、致命的な矛盾にさらされることは断じてなく、ために、自らを欺く諸々の行き過ぎによって怒りや悲しみを徒費《とひ》するようなことにはならず、また、情緒の不在という歪んだ人間にもならず、少なくとも、死に方を学びたくなるほど悲惨な心境にはけっして陥らないだろう。それが証拠に、おれはおれ自身を固守しようとも、忌避しようとも思わず、おれがどこででも唾のように自由に吐き散らす独言は、それ相応に先鋭化され、たゆみない躍動感を伴って自己を超え、あるいは神仏のたぐいのそれよりも豊かかもしれぬ心的生活をしっかりと支えてくれている。

ほかの車両もたぶん似たようなものだろうが、この車両はがら空きで、乗客の数はというと、おれを含めた、たったの二人。斜め前方の座席で、見るからにしょぼくれた背中をこっちに向けているのは、五体がそろそろ老いぼれの気配に占められつつある、暗愚の民の典型に違いない、何気ないしぐさに気品をのぞかせることなど間違ってもあり得ない、不吉な思いがすっかり板に付いた、痩せぎすの男。だからといって、おれは何も私情をまじえた人物月旦《げったん》を吐露しているわけではなく、感じた印象をそのまま素直に語っているにすぎない。彼の後頭部の優に半分を歪めている大きな瘤には、おそらく、所帯臭いにも程がある、こまごまとした問題のあれこれが未解決のままぎっしりと詰めこまれているのだろう。稲妻が走る角度によっては、窓に映る横顔が荘厳な面輪《おもわ》に見えたり、物の怪《け》染みた形相に思えたりして、なんだか近づきがたい印象を受けてしまい、しかし、そうでないときは、少しも奇異の念を抱かせない、ひたすら忍耐力のみを涵養《かんよう》させてきた、とうに引退の時期を迎えているやもしれぬ、くたびれ果てた行商人そのものだ。

ひと言も交わさずして、なぜ行商人とわかるのかって?

棚からはみ出しそうなほどばかでかい、大型の風呂敷によってかっちりとまとめられた荷物を見るまでもなく、年季を積んだ刑事と同様に、面貌《めんぼう》を軸とした全体の雰囲気によってそれとわかるのだ。この世に存することへの困惑と、この世へより深く融けこもうとする憧憬とをこもごも感じさせる者は、十中八九まで根っからの自由主義者を気取らずにはいられない、自己保存の意志が極めて薄弱な流れ者であり、理想的地平線の両極端を激しく行き来しなければ気が済まぬ心の破綻者である。要するに、どこかでおれと共通する「風人間」の臭いを放っているというわけだ。とはいうものの、相手がおれのことをどう見ているかは知らないが、おれのほうは彼を同類と見なすわけにはゆかない。打ち見たところ、からくも現実から逃れつづけている彼の心は完全に沈黙に閉ざされており、みずみずしさを失って久しい魂はおぞましく変色し、もはや涙を添える価値もなく、自由に直結する気運など感じたくても感じられず、ただもう屈辱感の蓄積のみが目につく体たらくで、世間話のひとつも交わしてみようかという気にはまずなれない、まったく無価値な赤の他人だ。

思うに、よしんば、世渡りの術を身につけ過ぎたことによって致命的な失敗を重ねるほどの人生にはならず、激流に向かって身を躍らせるような賭けに出る経験をせずに済んだとしても、炎天下、葉陰《はかげ》に入ったときのごとき幸福とはおよそ無縁な日々であっただろう。せいぜい長雨のあとに薄日が差してきた際に感じられる程度の、安息とはほど遠いしばしの憩いしか味わえなかっただろう。そして、晴れやかな心を迎える機会にはほとんど恵まれず、多様多彩な悦びに彩られた真なる世界を一度も体感することなく、霊肉共に弾けるような高揚に浸ったこともなく、ただもう食いつなぐことのみを主眼目として、来る日も来る日も居心地の悪い見せかけの世界のみを惰性によってくぐり抜けてきたのだろう。

みずからを告発するにはちょうどいい、どこかの駅前のひなびた商人宿で風呂をつかいながら、寂しさを力ない笑みにほの見せる表情が目に浮かぶ。語られずじまいの述懐のあれこれに重くのしかかられて真夜中にうなされる声が、今にも聞こえてきそうだ。わがものならぬ悲しみのふらついた軌道そのものが、易々《やすやす》と自己の敗北を認めてしまっている。とはいえ、必ずしも老齢に入ったからそうした印象をもたらすというのではなさそうだし、もしくは、おれが殊更《ことさら》悪意の眼差しで見ているからということでもないようだ。旅から旅へ、行商から行商へと哀愁のさすらいを反復しているうちに、少しずつ身の置き所を失くしてゆき、足場が頼りないことに起因する虚無にじわりじわりと蝕まれ、自分以外の人間がすべて客体となり、そこに発生する絶えざる相克と不整合とによって心は着色され、悲しいかな、とうとう魂の発光源をひとしなみに奪われてしまったのだろう。さしあたりそんなところだ。

長年担いできた重過ぎる荷物のせいで、背骨をひどく圧迫されつづけ、足腰を痛めつけられつづけ、愛想笑いと追従笑い《ついしょうわらい》を駆使して田舎者の人の好さにつけこむ習性のせいで理性が大きく歪められ、とうとう真心を込めての人付き合いを忘れてしまい、地に足が着いた他者の不動の基礎である幸福を見過ぎたせいでおのれの不幸に責め苛まれ、ますますひとつ所に身を落ち着けることに恐怖を覚えるまでになり、弱った体力を自覚しながらも引退を留保せざるを得なくなり、今では単なる習性として、野垂れ死にするまでの時間をつぶすためだけに漂泊しているのだろう。さりとて、たとえばおれのように彷徨《ほうこう》のうちに所を得ているようにはまったく見えず、さばさばした態度や、悠然たる態度も見受けられず、空夢《そらゆめ》に終わった希望の数々を思い返す際によみがえる〈活力もどき〉に頼って残り少なになった余生を便々《べんべん》と送っているのだろう。

ひっきょう、心臓発作か何かで一分後に死を招いたとしてもまったく惜しくない命であり、夜行列車で移動中に閉じるにふさわしい命だということであって、むしろ、当人はそんな末路を心中ひそかに考えており、それを望んでいるのかもしれない。そして、愛惜《あいじゃく》に値する思い出を作れぬまま老齢に入った行商人の魂は、すでにして肉体から剝離しかけており、その剝片《はくへん》は列車からも飛び出して夜嵐の真っただ中へ巻きこまれつつあるのかもしれない。もしそうだとすれば、凶暴なこの強風も、無益なこの豪雨も、喜んで昇天に手を貸すこと請け合いだ。

放たれると同時に切れ切れに吹き飛ばされる汽笛の音が、トンネルに突入する際に起きる小気味のいい摩擦音が、鉄橋を渡るときの腹に響く轟音が、山々が跳ね返してくる、ただならぬ気配のこだまが、いっしょくたになって絶えず心を揺さぶり、ともすると矮小化へと向かいがちな精神に活を与え、真っ当な人間として徒《あだ》し世に存在することの矛盾にさらされつづけてきた、火と油を混ぜ合わせるに等しい、常に危ない状況にさらされる生き方を、全面的に肯定するかと思うと、ときには無関心を装って黙過する。そして、ひとたび急坂に差しかかるや、頼もしげな回転に精を出す鋼鉄の動輪が、ここが腕の見せ所とばかりに尋常ならぬ底力を発揮し、空転を防ぐための砂がレールの表面に撒《ま》き散らされ、行く手前方をくっきりと照らし出す強力な灯りが、ありふれた夜景を奇怪至極なものに変え、遠々《えんえん》の雷鳴が、世を偽り、おのれを偽る、侘しい良心を厳しく弾劾する。

行くにせよ、留まるにせよ、怒るにつけ、悲しむにつけ、熱烈な確信をもって生の範を示せ！

さもなくば、この場で命を放棄せよ！

そうした熾烈《しれつ》な自己批判にさらされたに違いない行商人は、たまらず目を閉じ、回避できない運命を盾に、急いで眠りの奥へと逃げこもうとし、だが、慢性的な悲しみに曇る顔が和らぐことはなく、頭の位置をどう変えてみたところで鼾《いびき》を差し招くまでには至らず、いつまで経っても、夏に焦がされつづけた余命が冷却を迎えそうな様子はない。心の低き者として、そう遠くないうちに死に就く者として、憂いを帯びた笑みしか浮かべられない者として、

ろくでもない行商仲間にひと口乗らないかと水を向けられてついつい禁制の品を扱ったことがある者として、社会になんら貢献することなくその歳まで生きてしまったという現実に耐えきれなくなり、いきなり無表情を投げ出したかと思うと、ひと飛びで不機嫌な顔になり、胸に手を当てて考えるもうひとりの自分との腐れ縁をきっぱり断つために、とうとう酒に頼る。残るところはこれしかないとばかりに、ブックケースによく似た箱からウイスキーの小瓶を二本取り出し、先に飲みかけのほうをひと息に飲み干し、すぐさま新しいほうの封を切り、やはりがぶ飲みで、みるみる空にする。下戸のおれが同じ真似をしたら、目を回してぶっ倒れてしまうところだ。

しかしながら、彼にはなんの異変も起きず、しかめっ面が和むこともなく、当然、眠気を誘いこむまでには至らない。早い話が、アルコールの力を借りて絶え間のない思考を無理やり停止させ、夜毎の夢のなかへ駆けこむ作戦は不首尾に終わったということだ。そうなると、あとはもう為す術もなく、窓の外側に広がる執拗な夜嵐と、窓の内側を占めるおのれの鏡像に面と向き合わざるを得なくなり、きょうここまで辿ってきた長くて暗くて単調な道のりを思い返すしかなくなって、過去から重い鉄槌《てっつい》を下されないための咳払いをくり返すのみ。冥府《めいふ》へ下ることを恐れつづける因業爺《いんごうじじい》の姿にさも似たり。

正直なところ、彼がいくら酒の助けを借りても眠りに就けないというのは、おれとしてもいささか残念だ。なぜなら、酔いつぶれてぐっすり寝こんでしまったカモを、しかも、周りには誰もいないという、またとない好機を、見逃す手はないからだ。行商を生業としている連中がかなりまとまった額の現金を持ち歩いていることは、素行《そこう》の悪い連中のあいだであまねく知られているところなのだ。だが、当事者たちも狙われやすい立場をよくよく弁《わき》えていて、大切なお宝をそう簡単に探り当てられるようなところにはけっして隠さないし、また、強盗に備えて隠し場所を分散し、さらには、見栄えは立派ながら中身はわずかな財布をすぐさま差し出せる、たとえば胴巻きのようなところに仕舞いこむことで、いざという場合の被害を最小限に抑えこむ手筈《てはず》を調《ととの》えている。

しかし、もしかするとこのおれならば、そんなかれらを巧《うま》く出し抜き、裏をかくことができるかもしれない。現に、金の在り処《か》についてはおおよその察しがついている。ズボンの裾で隠れてはいても、右の足首のところに不自然なふくらみが認められ、ときおり、無意識のうちにそこが手で触れられる。普段は別の場所に隠していて、夜行列車を利用するときにのみそうするのだろう。これで、ぐっすり寝こんでくれさえしたら、次の停車駅が近づいてきたところで、三十秒とかけずに頂戴してみせてやる。ひとたびおれが目をつけた物は、その時点でわが物と化すという法則はまだまだゆるぎないはずだ。どうせなら高額紙幣から預金のカードまで根こそぎにしてやろう。たまにはまとまった金を手にしても罰は当たらないだろう。ときには、食欲を満たすためだけのちまちました調達から解放され、終着駅から小一時間のところにある、異国趣味にあふれ、湯煙と山海の珍味に恵まれた、かの観光地でのんびりくつろぐのも一興《いっきょう》ではないか。

されど、おれは強盗なんぞではない。ときには相手を傷つけたり、場合によっては勢い余って命まで奪うような真似をしたりするような、そんな人種をめざして生きてきたのではない。そこまで悪の擁護者ではない。そもそも連中とは魂の在り方からして違っているのだ。だが、道徳的感情が許さないとか、魂を常に正しい位置に留めておきたいとか、他人の血で手を染めることが生理的に我慢ならないとか、そんな理由によるものではなく、ひとえに追われる身になりたくないだけなのだ。そうなった途端に、自由な流浪者から不自由な逃亡者に変わり果ててしまうだろう。その差はあまりにも大きく、根源的な相違と言っても過言ではない。

風と共にさすらう気楽な立場が痛ましい逆転を迎え、
追跡の幻影がすべてを硬直化させ、
世界はどんどん縮小してゆき、
上辺《うわべ》だけの漂流に加算されてゆくのは背後を振り返る回数のみだ。

尋常ではない高温多湿がおれの自由を攻撃しつづける、ある夏の真っ昼間、もっと冷房の利きがいい車両へ移動中に、ちょっとした逮捕劇を目撃する羽目になった。買ったばかりの名物の駅弁を開きかけた、歳の頃四十前後の、別にこれといった特徴のない男が、前と横の席に座っていた三人の私服の警察官によって、身元確認の短い質問に対して敵対的沈黙という数瞬の猶予の後、いきなり取り押さえられたかと思うと、手錠のきらめきがおれの目に飛びこんできて、あっと言う間に片がつけられたのだ。その刹那、おれとそいつの視線が偶然重なり、怖れに満ちた瞳の一隅にえも言われぬ安堵の色をはっきりと見て取った。と同時に、ひとたび追跡される側に回ってしまったら、死なずして生の破滅を迎えることがつくづくと理会《りかい》された。あいつは今頃、死刑の回数が多いことでつとに知られている悪名高き刑務所の片隅で、四人仲間から追跡されない犯罪の手ほどきでも受けていることだろうが、しかし、教える奴にしても結局は官憲の手に落ちたことになんら変わりはないのだから、勉強にはなり得ず、よしんば出所後に秘伝の手口を実践したとしても、ふたたび逃亡者の側へ追いやられることは火を見るよりも明らかだ。

そんな立場だけはご免こうむりたい。おれはあくまで罪と紙一重で隣り合う放浪者の立場に固執する。自身のなかに自由の風を感じられなくなってしまったそのときは、もうおしまいだ。ひとたび追われる側に回るや、「風人間」としての継続的前進に終止が打たれてしまう、どこの誰にも目を付けられない、肌に触れる風がそのまま情感に触れてくるような昼と夜をくぐり抜けて行く限り、おれの世界観が曇るようなことはけっしてないだろうし、どの風もおれの代弁者で在りつづけるだろう。今夜の風は、誰の手にも負えぬほどの凄まじさで荒れ狂っている。生半可な意志力では制御できない勢いだ。

眠るに眠れないカモの様子を、おれは眠っているふりをしながらじっくりと観察する。もしかするとこの男、明確に意識はしていないものの、おれの頭をいっぱいに占めているような災難をひそかに期待しているのかもしれない。仮に彼が引退のきっかけを他律的な形で求めているのだとすれば、おれは人助けをしようとしていることになるだろう。金だけならまだしも、命さえ奪ってもらいたがっているのだとしたら、さて、どうする。これまで人さまにかすり傷一つ与えたことがないこのおれに果たして何ができると言うのだろう。そうした突拍子もない疑問を念頭に置きつつ、カモの隙をじっと窺い、胸のうちで血の笑みを浮かべるもうひとりの自分を、あらゆる言葉の手立てを尽くして懸命に押さえこもうとする。しかし、おそろしく込み入った欲望によって鞭打たれる理性は、もはやかくあるべき人間の規範を示すことが能《あた》わず、心はどんどん変形してゆき、カモがついに眠気に襲われ、がっくりと首を垂らすに及んでとうとう我慢できなくなる。やる、やらないは別にして、ともかくその眠りの深さを確かめることが先決とばかりにすっと立ち上がり、怪しい素振りを少しも感じさせない歩き方で用を足しに行く。

手洗いの鏡を覗きこみ、そうするだけの強力な根拠を、思ったほどにはひどい形相になっていないおのれのなかに探り、一心不乱に考えてみる。大小のためらいと同じくらいの数の犯意が山また山をなしている。危険を抱きしめる緊張感がたまらなくなり、もはや抗えないほどまでに高まってきている。怖気《おじけ》立つような不吉な思いなどかけらもない。心の見取り図が文句なしの段取りを図示しており、練り直しすべき点は皆無だ。そろそろこの辺りで、女に血道を上げるようにして逃亡者の側へ回ってもいいのではないか、自由に疲れた心を癒すためには追われる立場を獲得すべきではないか。そのための機が充分に熟したのではないか、という、そんな声なき声が汽笛といっしょに胸に響き渡る。

何も大げさに考える必要はないのだ。気づかれて居直り、撲殺や絞殺を余儀なくされるところまで計算に入れなくてもいいではないのか。急坂に差し掛かっている今ならば、難なく列車の外へ飛び出せる。あとは夜嵐に紛れて姿をくらますまでのことだ。成功したあかつきに待っているのは、温泉三昧の日々だ。それは無罪放免に匹敵するくつろぎとなるだろう。あと数分で次の停車駅に到着する。やるなら今だ。そして、すぐ近くの山頂に落雷する青白い稲妻が見えたとき、最後的な決断が下され、おれは「よし」と小声でつぶやき、車両へと戻る。ところが、扉を開けた途端、ぎょっとなり、思わず「あっ」と叫んでしまい、すぐさま身を引く。でかい荷物を背負った行商人がそこに立っていたからだ。濃い髭面の、自己超克《ちょうこく》の名人のごとき老獪《ろうかい》な人物が、親しげな眼差しでおれをじっと見つめ、ある種のぬくもりを感じさせる会釈を送ってからデッキへと出て行く。

その一瞥によっていっぺんに決意を砕かれてしまったおれは、裸電球に照らされた、雨と風が容赦なく吹きつける、駅員のほか誰もいない、寂しいプラットホームを、夜嵐をついて飄然とした足どりで去って行く老人を茫然と見送るのが精いっぱいのありさまで、ふたたび列車が走り出してからようやく我に返る。しかし、心底から啞然としたのはそのあとのことで、自分の席に置かれていた新品の高額紙幣の三枚を三度確認した折だった。

海風に乗って

艶《なま》めかしい曲線でもって人跡稀《じんせきまれ》な荒蕪《こうぶ》の低地をゆるやかに縁どる、ひとっこ一人見当たらない、想像上の大義名分のようにまばゆいきらめきだけが取り柄の、無辺の広がりを彷彿とさせる白砂の浜。

おのれの意志に従ったまでのこととはいえ、とうとうこんなところまで流れてきてしまったのかという、ある種の切なさを伴った感慨が、おれのなかに深く根ざし、生まれながらにして脳髄に植えつけられている何かを優しく刺激し、分子の力学的振動を想わせる周波数を絶え間なく放つ、空色の海と海色の空が、水平線のはるか彼方に、自分自身を確信するための新しい地平線を予感させてくれるのだ。

荘厳な沈黙が幅を利かす宇宙空間の影響下に生起する、無数の命の濃厚な気配は、どこにも予約席など在りはしない、この南国の孤島と、自由の停滞期と楽天的な時代のなかにあってもなお異端的見解を吐露しつづけるこのおれを、不可知的なる浄福作用によって、物理的領域やら無機的世界やらからそっとすくい上げてくれている。すでにしてここでは未来を繋縛《けいばく》するような条件が悉《ことごと》く死物と化しており、未だ到来しない救世主に対する不平不満のかけらも見当たらず、ために、心の水準器はきっちりとした正常値を示し、沈滞の影のなかにずぶずぶと沈んでゆくような希望はひとつとしてなく、永久不変なる海風が、凱歌《がいか》もどきの心すべき歌を、寄せては返す波のリズムに合わせてくり返している。それは、くすんだ思い出のなかに死んでゆく、過ぎた昔の歌ではなく、素通しの魂に嵐を巻き起こすような荒くれた歌でもない。

流れ流れて初めて訪れた小島のいっさいは早くもこのおれに属しており、しっくりと馴染み、隅から隅までがおれの生活圏と言えなくもない。それを可能ならしめているのは、さまざまなしがらみの基軸があり余る陽光に照らされつづけることによって、脆くて不明瞭なものへと変換しているからだろう。おれという船の舵棒《かじぼう》を握るのは依然としておれ自身であり、その権利を剝奪しようとする帝国主義的な悪しき力はどこにも見当たらず、精神に加えられる暴力を容認する雰囲気も感知されない。厳密な意味においては定かでないが、しかし、意図したよりずっとおれを特徴づけてやまぬ自由は、あらゆる権威の失墜を惹起《じやつき》させる時空間においてきっちりと闡明《せんめい》されているのだ。そうした自己評価に誤りがないとすれば、たぶん、一、二時間後くらいに、ツバメのごとくあざやかに宙返りする快楽を堪能できるだろう。

よく熟れた果実が放つ色香と、咲き乱れる花々の甘い匂いと、死と折り合いをつけて久しい自然の哲理と、文明と人類の運命を決定する大災害の予兆をいっぱいに含んだ潮の香りに挟まれながら、いや増す悦びにどっぷりと浸かり、茫漠たる汀《みぎわ》の一角で大の字になってのびのびとくつろぐおれは、今や、灼熱の太陽への熱烈な帰依者《きえしゃ》であり、相変わらず施し物と現存秩序への適合を拒否するはみ出し者であり、自己の存在を保持せしめるための生存競争を躊躇なく遂行する無頼漢であり、良心を忘れがちなすべての集団に敵意を燃やしつづける反逆者であり、進取の気性に富んだ、愛と反乱の混血児であって、それ以外の何者でもありはしない。

　そんなおれの胸のうちで素描されるのは、けっして、極限まで純化された高潔寛大な政府なき自由などではなく、もしくは、あまりにも馬鹿げた身分制度をこの上なく立派な伝統と持ち上げて後世に伝えようとする巨悪の代表者を破壊へと導く果敢な闘争などでもなく、要するに、世間的にはさっぱり役に立たないと見なされがちなものばかりで、たとえば、大小一対の鋏をナイフとフォークのように器用に操って食事に余念がない一匹の蟹であり、たとえば、はるかなる波路を辿って漂着したヤシの実からようやく吹いた潑剌たる若芽であり、たとえば、殴り合いの現場で拾った青いサングラスのレンズ面に附着したひと粒の砂であり、たとえば、流体力学に最も精通した種類の海鳥が飛びながら落とした糞の行方といったところである。

人間が負うているものの実体が果たしてなんであろうと、昼となく夜となくさかしらな口調でまくし立てられつづける、戦争と貧乏と病苦の根絶という一般的な政治スローガンが逼迫《ひっぱく》した国策の帳尻合わせであろうと、法の目的である正義の確立が永遠の課題として先送りされたままであろうと、好戦的な富者たちが平和な世界に対して必ずや打ってくる次の一手がいかにあこぎなものであろうと、か弱き者をすべて殲滅《せんめつ》せしめよという魂胆のもとに、一大軍団を率いて民に君臨する独裁者登場の確率がどうであろうと、一般大衆の生活のなかへじわじわ浸透して．いじらしく内在化している未知の希望がどうであろうと、数千年の伝承を経るうちにさまざまな矛盾に塗りこめられた変遷を経験し、理不尽な在り方ゆえにとうとう存亡の危機に瀕《ひん》してしまった皇室の行方がどうであろうと、国家や雇い主への忠誠を拒否できない普通の社会人とは相異なる観点を持つおれにしてみれば、そんなことはほとんど表層的な意味しかない代物ばかりで、極微の星にも似た、目を向けるに値しない、虚しくて生ぬるい夢の一部でしかあり得ないのだ。

こう見えても、おれはおれなりに日々実り豊かな成果の数々を着々と挙げており、特にこれといった達成感は得られずとも、そのどれもが精神と魂にとって極めて有益なものばかりで、どこまでも自分本位な善悪の判断とはいえ、野獣に堕してしまうような巧妙なすり替えは絶無だ。わざわざ裏返しに眺めるまでもなく、幾時代を経てもなお世界は罪のうちに埋没しており、個人の自由の崇拝者たるこのおれもまた罪にまみれた人々の一員ではあるのだが、しかし、それでもなお、いちいち権威の目くらましにうろたえ、権力の威圧に屈するような愚民などでは断じてなく、今や使い捨ての奴隷としての労働者のひとりですらもない。おれの存在を保証するのは国家ではなく、つまり、戸籍や住民票や保険証や運転免許証のたぐいではなく、ひたすら自分の言葉に聴従《ちょうじゅう》するおれ自身であり、節くれ立った心が切に求める、まったくやむことのない放浪そのものなのだ。

「風人間」にとって社会を保全する義務はなく、国家は無益であり、国境は無用な代物でしかない。世界はおれに無関心であっても、おれのほうは世界に無関心ではない。だから、おれの視線は絶えず激動の世界に対して投げつける挑戦の色を帯びており、そのせいで自己の確立を図ることが可能なのだ。

おのれの臨終までの時を数えて暮らすことにすっかり慣れてしまい、不安をかき立てられがちな立場をどんちゃん騒ぎで誤魔化し、迫りくる老後の暗闇を前にして堰を切るおのれの涙に溺れ、金融経済の喧騒の真っただ中で歪みに歪んだ福音の前触れが届くのをひたすら待ちつづけ、自己の理想の展開のために親友と称する相手にためにならない助言を与え、理念の化身である、突出した有識者の、本当はどうでもいいようなちょっとした醜聞を白日のもとに暴露し、あるいは、底意《ていい》のある沈黙を押し通し、確立された定評のみしか信じることができず、けっして自己を強化する方向で生きようとはせず、といった、あまりに世俗的に過ぎる生と死は、普遍的なものとしてなおもつづいてゆくのだが、しかし、おれのそれは違う。なかんずく、あたかも深層世界で発生したかのような、この海風に吹かれている今のおれは特に違う。そうとでも言うほかないのだろうと憎まれ口を叩くもうひとりのおれの口を完全に封じることができるほど、きょうのおれは違うのだ。

知らずして我を見失うことなく、社会の不可避的な動向や変化の影響に刻印を押されることなく、おれは明確に姿を現しつづけているおのれを堅持する。ゆえに、時は去り行きても、おれは残るだろう。すでにして地上における永生《えいせい》の道を歩んでいるのかもしれないと、そんなことを真顔でつぶやける心境なのだ。よしや加熱途上の、異彩を放つこの人生をぐいとねじ曲げる有害な力が外部から働いたとしても、さして驚き惑うことはなく、真正面からの一撃によってそれを打ち砕こうともせず、どこまでもさあらぬ様子と自己なるものを保ちつつ、しなやかに身をかわすや、然る後にすぐさま別の土地へと流れてゆき、そうすることで事態を好転させるだろう。

散漫なる自己認識や煩瑣《はんさ》な考察は、引き潮と共に遠のいた。狂気のうちに生を閉じてゆくのは、ほかの何者かであって、無法則や、無原則や、無計画や、無理解の絶えざる流れに乗って悠然とさすらうおれではない。そして今のおれは、日に数回訪れる飢えにも脅かされておらず、今度空腹を覚えるのはまだずっと先のことになるだろう。それというのも、フェリーのレストランの自動販売機を強力な磁石を用いるいつもの手口でいたずらした結果、数枚の食券を引き出すことに成功し、南国ならではの珍味佳肴《かこう》で満腹になったからだ。いっぺんに四種類の料理を平らげるおれのことを、臼歯《きゆうし》が生えそろったばかりの双子の幼い姉妹と、彼女たちがそれぞれ抱きしめている二頭のチワワが目をまんまるくして眺めていた。四方《よも》を海に囲まれながらむさぼり食うおれは、満月が頭上に輝く夜の旅と同じくらいの幸せを感じていた。大金持ちが巨費を投じ、心血を注いで得た幸福であってもそうはゆかなかっただろう。

そこへもってきて思いも寄らない幸運がもたらされたのだ。堅気の人間に対して誰かれなく恐怖を教えこもうとする、入れ墨でいっぱいの恐ろしげな連中が去ったばかりの席に、現金でぱんぱんにふくらんだ鰐革《わにがわ》の財布を見つけたとき、それはもう瞬時にしておれの物となっていた。自覚できぬほど素早い反射的な行為の為せる業だった。入港までの小一時間、船内放送がさかんに焦眉《しょうび》の問いを発しつづけ、財布の発見者を募っていたが、財布と現金以外の中身が海へ棄てられたその時点で、徒労に終わった。そしておれがやらかした、悪を相殺する行為は、収入源の内実がどうであれ、相手が極め付きのごろつきという事実により、ぎりぎりのところで善行の領域へと滑りこみ、拙劣《せつれつ》な仕事ながらも、珍しくも後味の良い窃盗として落ち着いた。地団太を踏みながら、痛恨の極みといった形相で、乗客係に凄い剣幕で食ってかかる、憐れを催すほど滑稽な被害者たちを尻目にかけてフェリーを降りる際、ほとんど黄ばみかけていた太陽が突如としてぎらぎら輝き始め、内心ほくそ笑むおれに向かって正真正銘の正義の光を投げかけてくれたのだ。こうした運命の戯れがたまらなく、漂浪《ひょうろう》をやめられない所以だ。

それから、多面体の造形物を想わせる島内をぶらぶらと散策しているうちに、優雅な曲線で成り立つこの浜へと辿り着き、なんだかそこがおれの前に横たわる終着点のように思えてしまい、切れ目のない波音にいざなわれ、海風の絶えざる生成にさらされていると、風のみならず光までをも血肉として摂《と》りこみたくなり、矢も楯もたまらなくなって、悲劇染みたところがまったく感じられない波打ち際の白砂の上に寝そべった。そこに満ちる何もかもが生命高揚への弾みとなっておれの五体に沁み渡り、硬化から硬直へと向かいつつあった心情をいっぺんに和らげ、混沌とした集塊《しゅうかい》にすぎぬ肉体にいつまでも縛りつけられている精神が凡愚の極みに思えてきて、生存に必須な能力のあれこれをいっぺんに投げ出したくなった。

やがて、まどろみの季節が訪れたかのごとき息苦しいほどの充足感に包まれ、おれを取り囲む環境はますます神聖化の一途を辿り、人知の全部門が出遅れた陳腐なものに思われ、論理的帰結のどれもこれもが弾力を失って再編成を余儀なくされ、意識の流れが逆流へと転じ、記憶を超えた何かがみるみる思考を停止させ、ひと息に眠りの底へと引きずりこまれていった。されど、なぜか忘却に沈められるほどの深い睡眠はもたらされず、意識と無意識のあいだに挟まれて漂う夢は、夢としてはっきり掌握することができ、その体感の生々しさは賛《さん》嘆《たん》の的になるほどで、心を現実へ移したかのごとき臨場感が得られるのだった。

そんななかにあって、遠い沖合いからこの浜に向かって波が運んでくるちっぽけな物体が認められるや、荒野に咲き染める一輪の花と出くわしたときのようにすっかり魅せられてしまい、なぜか無性に人恋しさが募り、不確かな記憶の底から懐かしさがこみ上げてきて、どうしても目を離せなくなってしまった。海面のうねりはゆったりとした動きながらも、いかめしく厳《おごそ》かな雰囲気を放ってやまぬそれを海岸へ運ぶ手際の良さときたら尋常ではなく、まるでおれとのあいだに暗黙の承認でも成立させているかのように、ゆるぎない自信をもってみるみるうちにこっちへ送りこんできたのだ。接近するにつれてなんだか妙な気持ちになり、存在と無の継ぎ目が怪しくなり、だしぬけに肉体的窮状に襲われたかのごとき不快さが全身に広がった。そして、単なる漂流物ではなく、人間の溺死体と判明したときには、柄《がら》にもなく強い吐き気を催し、せっかく金を払わずに食べた物がどっと逆流し、辺りは蟹どもの餌でいっぱいになり、途端に世界が黙してしまい、風の音も波の音も海鳥の鳴き声もぷっつりと途絶え、おれ自身も声を失った。

浜へ打ち上げられるまでにはまだかなりの隔たりがあったにもかかわらず、しかも、うつ伏せの状態であったのに、それが誰あろう、なんとこのおれ自身であることが見事に判明し、波が打ち寄せるたびにいっそう明瞭になり、不甲斐なくも思わず危急の叫びを発したものの、駆けつけてくれる者はひとりもおらず、海と空は互いに補完し合いながらますます輝度《きど》を強め、細切れにした光をぶちまけることによって、おれをこの上なく深い孤独の淵へと投げこもうとした。だが、おれは遮二無二《しやにむに》逆らい、怯《ひる》んでなるものかとおのれを叱咤し、摂理に対する幻想の脅迫と位置付け、勇気を奮い起こし、さっと立ち上がってそっちへ駆け寄り、膝まで海水に浸かった。

ひと息ついてから、紛《まご》うことなき生者としてのおれは、正真正銘の死者としての自分の襟首をわしづかみにし、水の領域から砂の世界へと移動させ、つま先を使ってそいつの体をひっくり返し、詳細な吟味を加えた。まずは顔から確かめた。どこからどう見てもおれで、笑う気さえ起きないほどのおれ自身だった。身に着けている物から、ほくろの位置と数に至るまで寸分たがわず、それでもと思ってあちこちいじくり回してみたものの、共通していない個所はひとつとして見いだせなかった。めまいを伴うほどの不思議な気分に囚われ、現に、足がもつれて倒れそうになったが、しかし、それ以上には及ばず、しばらくすると普通の呼吸が取り戻され、視線が定まった。ややあって、もうひとりの自分の口を割らせてみたいという奇妙な感覚が芽生え、すぐさま膝詰め談判に打って出た。

おまえはいったい誰なのか？
どこからやって来たのか？
どうしてこんな気の毒な最期を迎えてしまったのか？

ずぶ濡れのせいで髪を乱したそいつの目は両方とも開いており、片方は物思う眼差しで、もう片方は不実な眼差しで、おれたちがそうやって視線を交わしているうちに双方を截然《さいぜん》と区別することがかなり難しくなり、存在意義がどんどん多義的なものになり、というより、自己否定そのものの本質に背馳《はいち》する気配が濃厚になり、ついには、ふたりの自分というあり得べからざる矛盾を容認するまでに至った。さもなければ、生と死が近接するあまり、どっちのおのれが真なるものであるのかという疑問がきれいに拭い去られ、あげくに、どちらか一方がこの世から身を退けるべきではないかという焦燥が滅し、それどころか、かなり特殊な、パラノイアの色合いに染まった衝動に駆られ、生者のおれが死者のおれにこの場所を譲ってやってもかまわないのではないかという、なんとも空恐ろしい気持ちへと傾いたのだ。

おれは肩をすぼめて、ふっと息を吐き、それから眼前の恐怖に敢然と立ち向かい、およそ事実とは認めがたい不可思議な現象のなんたるかをじっくりと省察し、混乱が収まりつつある理性に照らして吟味した。だが、脳天に無慈悲な一撃をくらった痕跡もなければ、鋭利な刃物でみぞおちをひと突きにされた形跡もなく、また、病み呆けた者に特有の表情でもなかった。敢えて言うならば、生を免除された死者ということになるのかもしれなかった。それからおれは、死者のおれを苦もなく乗り越えて行く生者のおれを思い浮かべ、相互理解が狙いの哲学的な言説を口にしかけては黙りこみ、ときには、愚かしくも、見分けがつかぬ双方の心を移し換えてみようと念じてみたりした。さりながら、死者の心とまともに語り合うことなど所詮無理な話で、意志の疎通を図ろうとしていくら耳を澄ましてみても内感の言葉は聞こえてこず、しまいには、まるで敵対者同士の睨み合いの様相を呈し、かなり際どい、危険千万、剣呑《けんのん》至極な雰囲気を醸《かも》すに至った。そして、とうとうおれは憤然として声を荒げたのだ。

「死者は生者のあとに付き従うべし！」

短いながらも肉付きのいいそのひと言は、射出される弾丸のごとき勢いで空疎な死を死んでいるもうひとりのおれの心臓のど真ん中を貫通し、ために、彼は死んだあとでふたたび死ぬという羽目に陥り、すると、高邁なる光輝《こうき》にあふれていた浜辺の随所をみるみる廃墟の気配が占めてゆき、他殺と自殺の両方に解釈できる愚行をやってのけたことで性格を著しく虐げられてしまったおれは、この世と合意するに値しない問題外の人間となり、あたかも未開未踏の世界に身を置いてもがき苦しんでいるような気分になり、それが深い疲労を招いた。やがて、死すべき命の虜《とりこ》となっていることに気づかされたおれは、やりきれない気持ちをどうにかしようと、生きながらにして地獄の烙印を捺《お》されたのかもしれない死者のおれを名指しで、非難弁明がないのをいいことに犬死にと勝手に決めつけ、悔恨の心情はいったいどこへやったのかと厳しく問い詰め、生まれてくる必要のない命ではなかったのかと責め立て、そうやって罵倒しているうちになおも激怒が高まり、しまいにはこんなことをわめかざるを得なくなった。

「おのれをペテンにかけてどうする？」

しかも、拙速に判断を下してしまい、こんな情ない末路を辿った奴なんぞは、地水火風という自然の力に占められた大地の恵みにすがって生きるに値しないと、そう怒鳴りつけ、死者の過去を生者の未来に投影される前に、つまり、このおれの心が苦悩に蝕まれて引き裂かれる前に、さらにもう一度死んでもらうとまでは言わないまでも、なんとしても海へ押し戻すしかないと思い、それを直ちに実践した。

言うなれば、こいつは額に白旗の皺を刻みつけた敗者であり、運命にぶちのめされても報復ができないほどの腑抜けな敗者であり、さらには、おれとは似て非なる赤の他人であり、死すべき輩であった。

抗いがたいほど強力な離岸流《りがんりゅう》に乗せられたそいつは、顔面を海底に、後頭部を大空に向け、両の腕を翼のように優雅な動きで操りながら、辛苦にあふれた地上の日々からみるみる遠ざかり、生の終焉後を改めて楽しむように波のまにまに漂い、みるみる大海原の埒《らち》へと連れ去られ、点から無へと移行する直前に、茫然と浜に佇むおれに向かって手を振ったように見え、思わず釣られて手を振り返し、「おまえの上に永遠の平安があらんことを!」と、そう叫ぼうとしたところで夢がぷっつりと途切れ、同時に午睡《ごすい》も終わった。ところが、目を開けたにもかかわらず、まだ鼾がつづいており、それは耳鳴りのようにおれの鼓膜を刺激し、自分の口と鼻を押さえつけてもまだ響き、狼狽の後、ようやく他者のものであることが察せられ、顔をそっちへ向けるや、すぐさま鼾の発信元が判明した。

しかし、相手は人間ではなく、それ自体が魅惑的な、神々しい生き物で、なんと、全長優に二メートルはある大きな亀が、おれのすぐ脇に寝そべって熟睡していたのだ。産卵のためでも老衰による死を迎えるためでもなく、単に深い眠りを貪るためだけの上陸、そうとしか思えなかった。貝やら海藻やらをいっぱいに付けた甲羅にはこの上ない峻厳《しゅんげん》さが宿り、動物という広い枠組みのなかには納まり切らぬ天来の高貴さが秘められ、ゆるぎない安静を保った寝顔はどこまでも美徳に富んでいた。ひょっとすると、宇宙生成の始原から、いや、その前から存在していたのかもしれぬこの亜麻色の亀は、頭の先から尻尾の先まで永続的な価値を具え、この世のすべてがそこから始まったのではないかと、そう考えてもおかしくないほどの迫力を感じさせた。不生《ふしょう》不滅の存在とはまさにこいつではないかと思え、しかし、別な仮定が生まれ、目を覚ました際に、背中にまたがることを勧められ、別の世へ案内してやると唆され、思わずその気になってしまうことを本気で恐れた。だから、奇妙としか言えない未練を振り切ってそっと起き上り、いくらか強まった海風に背中を押されるようにして率土《そつと》の浜をあとにし、夢に登場した死者のおれとは逆方向へ歩を進めた。

しばらく行って汀を振り返ると、いつしか亀の姿は忽然《こつぜん》と消え、それでも腹這いで海へ向かった痕跡だけはきっちりと砂浜に残されており、光と潮騒のなかで多様に混濁している物質やら非物質やらのひとつひとつが知覚されるような心地になり、ついで、それは途方もなく冷厳な心情へと移行し、生と死の永久回転運動がはっきりと感知され、おれ自身が発したとしか思えぬ悲鳴がおれの耳をつんざき、それは数万年に一度の割合で怒りを轟かす火の山の麓へ辿り着くまで収まらず、だが、そのあとは何事もなく、いつも通りの瑕瑾《かきん》のない「風人間」に戻ることができた。

吹雪をよぎって

きょうもまたあてどない旅路を重ねるこのおれは、ろくでもない害意をたっぷりと含み、とことん暴虐な底力を隅々にまで秘めた、視界の端から端まで有無を言わせず遮断してしまう猛吹雪が、かれこれ数時間にもわたって荒れ狂う北国の半島を、どうやっても押し殺し得ない自身の魂の叫びに励まされながら、しかし、併せて、低体温という危機的瞬間を幾度も体感しながら、難渋《なんじゅう》を余儀なくされる流浪にどっぷりと浸かっていた。それでも、意気は高く、前進を躊躇することなど間違ってもなく、心の破産に瀕してしまう泥地《でいち》を行くような気分とは大分かけ離れており、むしろ、狂える者へと迫っているほどなのかもしれなかった。少なくとも心の均衡のとれた人物とは言いがたかった。

目的地はどこかって？
いったいなんのためのさすらいなのかだって？

そんなことなど知るものか。おれ自身にも定かでないのだから答えようがない。断っておくが、酔いどれの常軌を逸した行為と同列に扱うのだけはやめてもらいたい。命そのものを脅かす過酷な環境にみずから飛びこんで行くなんて、確かに世間の通念とは相容れないことだろう。良き社会人たちから総すかんをくらうに決まっている、増上慢《ぞうじょうまん》の振舞いもいいところだ。

自分に対しての必要不可欠な強制……、
あるいは、自身の不滅を感じたいがための愚行……、
あるいはまた、上辺《うわべ》の安定を忌み嫌う反動から出た行為……、
さもなければ、運命の意のままにされてしまう必然の流れ……。

道なんぞはとうに見失ってしまっており、果たしてそこが大地の上であるのかどうかすら疑わしいありさまだった。積雪は深まるばかりで、今ではもう膝まで達し、不穏な空気を蔵するまでになっていた。腰まで埋まるようになったそのときは、筋肉も意志も完全に無力化され、忌まわしい現実に身を任せるしかないだろう。

断念や退去の決断はもはや無意味だった。

雪の粒が一段と大きくなったように感じられ、強風がさらに態度を硬化させ、大気と大地は密度の高い狂暴な怒りに支配されていた。おまけに位置関係も定かでなく、しかも日没が迫ってきていた。

心を占拠し、魂を一掃する死の予兆が、行く先々で無制限にあふれ返っていた。行けども行けども人の気配が迫ってくることはなく、ただもう孤立の巨大な軌道に沿って進んでいることが自覚されるばかりで、我の強い、倫理的な人格にはほど遠いおれの精神は、すでにして、ある方向に局限されてしまっており、間歇《かんけつ》的に燃え上がる情熱の名残も、今や底を突きそうで、恍惚の暗闇から朦朧《もうろう》へと向かいつつある意識は、この厳しい現状を崇高な追憶にすり替えようとでもしているらしい。とはいえ、凍死の時が迫っているという敗退の自覚はかけらもなく、思いつきに従って動いているだけなのに心弱ることがまったくないという、根拠なき自信は少しも揺るがず、ましてやおのれの選択を責めることなど論外で、覚悟以上の寒冷に長時間さらされて尖端がいくらかまるまった気力も未だ健在で、その限りにおいては最悪の事態を考慮しなくても済みそうな案配で、また、人生の最後の締めくくりを飾るために一か八かの勇気を振り絞る必要もなさそうだった。

あるかなしかの未来のために現在を犠牲にするような愚かな真似は絶対にせず、総じて世のなかとはこうしたものだと思っている、このおれが思うには、そもそも命という厄介にして摩訶不思議な代物は、存続しているあいだ中、突飛な偶発性にさらされており、しかしそれでもなお、死の闇を引き裂いて生の光を取りこみつづけるだけのことであって、万事につけてその一点のみを念頭に置いていれば済むことであり、あとはもうなんでもござれの心境で、あまりにも趣味の悪い、徹頭徹尾悪評と罵声と絶叫で埋まった現世を思いのままに突っ切って進めばいいのだ。この世界に永遠に定着化された存在でないということは、まさしく一過性の命であるということを意味しており、それはまた、永続的な危機に苛まれぬ証しとしての決定的な救いでもあり、ということは、生者の誰しもが根っからの放浪者にほかならず、ならば、色香のあせた女と同様、命の存続を願ってやまぬ本能をつけ上がらせる必要はさらさらなく、生の終わりの彼方に希望に燃え立つ何かが待ち構えているかもしれないということを色濃く暗示しているのだ。

おれは今、あたかも霊峰《れいほう》の冠雪《かんせつ》を踏むような神妙な心地で、雪原《せつげん》に深い足跡を残し、もしくは、五体の内と外を占める生気をますます亢進《こうしん》させ、けっして後景に退くことなく、自身の心に指針を求めて全力を傾注し、吹雪が唸りをあげる混沌の空間をさまよい、切り開いた端から埋まってしまう道を進んで行く。

白一色に塗りつぶされている自由の理念は純粋にして逞しく、重大な事態に立ち至るかもしれない状況を十全に理解しており、だからといって、もとより他人の加護など当てにしていないし、雪洞への退避すら考えていない。使い古された励ましの言葉なんぞは、思うそばから次から次へと忘却に沈んでゆくありさまだ。敗れ去るのは吹雪のほうだ。有害無益な傲慢な激情に衝き動かされて道を誤る者に酷似しているかもしれないおれのなかには、定かならざるものも、低調なものも、不可解なものも、心をたわめてしまうものも、そして、おれらしくないものも、まったくもって見当たらない。

ますます猛り立つ吹雪の最中、おれはおれ以外の誰かの声をはっきりと聞いた。その声が告げるには、「おまえは別だ」という。おれは答えて曰く、「その通りだ」と言った。果たして何をもって「おまえは別だ」と言ったのか定かでなくても、おれの魂の寸法を正しく測れる者などおれ以外にはいないはずだった。だからといって、特異な人間、特殊な存在と決めつけられるのだけはご免こうむりたい。おれはただ、少しでも安楽な生活をめざそうと日々の仕事に忙殺され、世間の枠組みの外へ飛び出すだけの度胸がなく、暴飲暴食が祟って思わしくない健康に足を引っ張られ、窮死《きゅうし》を恐れて躊躇せざるを得ない個々人の切なる願望を代行し、素直に実践しているだけのことなのだから。そう思って独り悦に入るおれだが、しかし、大所高所から眺めるに、実在を貫く確かな手応えを感じているというわけではない。大人の風格を具えるまでにはあと数千年の寿命が必要だろう。そんなおれを強く推してくれるのは、性格の宿命的な汚点と、自身の手では厳罰を加うるに値しない、けちな罪のあれこれでしかない。要するに、おれもまた永久に蜂起しない大衆の一員なのだ。

それでもおれは、荒涼たる吹雪と第一級の寒気団にからめ捕られてしまい、暗いとこぼしながらおのれの面影すら忘れるような、遅鈍《ちどん》な心を小脇に抱えた、憐れむべき者などではないはずだ。自身の生き方をどこまでも真と見なしてやまぬおれのことだから、いずれそのうち、好ましい展開と好結果が訪れるに違いない。早い話が、あといくらも行かないうちに、体どころか魂までもが冷え冷えとするまでに、人家の灯りのひとつくらい視界の片隅に飛びこんでくるだろう。よしやそうならなかった場合でも、自分自身を根底から訂正したり、命の追加を頼んだりはしないだろう。これまでおれの人生が跛行《はこう》状態に陥ったことは一度もなく、従って、これからもないだろう。ほかの者はいざ知らず、このおれは、現在という時間の奴隷に成り下がることが断じてない、全精神と全肉体をもって未来に到達しうる者だ。ちっぽけな悲しみや、故知れぬ怒りや、断念せねばならぬ夢や、いがらっぽい束の間の至福や、感情と理性のあいだに生じる食い違いなど、晴れやかな口調で独言を語るおれにとっては物の数ではない。いわんや、垂直に噴き上がる虚無感に完膚《かんぷ》なきまでに打ちのめされることもないだろう。

おれは、おれ自身によって将来を嘱望される「風人間」なのだ。吹雪といえども風であることになんら変わりはないのだから、よもやおれの夢を破ることはあるまい。

おれのような風来坊に夢が有るのかって？

有るとも。大いに有るとも。おれは自分を養い、おのれの身辺に迫る危機を巧みに回避し、宇宙の大偉観《だいいかん》に心魂をさらして遠隔のものを見はるかし、手も届かぬ高みに在るものに目を凝らし、大自然が声高に語りかけてくる重々しくも神々しい言葉に喜んで耳を傾け、そのときどきの熱い思いに進んで溺れ、常なる変化と常ならざる変化の両方を甘んじて受け容れ、天命がもたらす有形無形のあらゆる恩恵に感謝の念を抱き、いつだって自己自身に対して全権を揮ってみせるのだ。これが夢でなくしてなんであろう。

おれに条件付きの人生は無用だ。なんぴともおれを懲らしめることはできないし、おれも誰かを懲らしめたりはしない。おれは世界を了解し、世界はおれを了解している。闇を裂く稲妻のごとき思い切った存在に憧れるおれは、世間の非情さと人間の愚劣さをうんざりするほど体認しながら、やるべきことをやるための努力を積み重ね、不断に変転し、移ろいゆく現世を場当たり的に楽しみ、その時々の場所に悠々と安座する。

ひっきょう、わが魂は常に風と共に在らねばならない。淀んだ空気のなかで哲学的な妄念を弄《もてあそ》んでおのれを苦しめるような自虐的な真似だけはごめんだ。だから、いかなる種類の風であっても、よしんば命を奪い取られかねない猛吹雪であっても、風の行くところならどこへでも行くつもりだ。風との相乗効果、それこそがおれのよく為し得るところの人間的営為というものであり、おれのかくあるべき姿なのだ。その甲斐あって、若くして再起の名人になり得ている。それが証拠に、自分以外の誰とも黙約を交わしたことがない。

鉛色《にびいろ》一辺倒だった夕方が去り、いよいよ本格的な夜が訪れ、驚嘆の的になり得るほどの凶暴な荒天がますます激しいうねりを見せ、強風の発する猛々《たけだけ》しい大声疾呼《だいせいしっこ》が彷徨への意欲をますます駆り立てる。今宵のおれは、それと知りつつ禁じられた道なき道をめざし、避けようもない遭難の危険を存分に満喫している。そしてなお、正不正の観念をすっかり取っ払ってくれる絢爛たる吹雪の言説を注意深く傾聴し、よしんば相手がひたむきな正義感にあふれた神であると、異様に弁が立つ才気煥発な魔神であるとを問わずして、最小限の知識をもってして心ゆくまで熱のこもった対話を交わす覚悟が調っている。迂闊な言い落としをしたり、つつかれてぼろを出したり、言い負かされて急に口をつぐんだり、愚にもつかぬ駄弁を弄したりするような、そんな情ないおれではない。また、突如として全容を現す死への恐怖や、不安の産物としての虚勢や、深い嘆きに起因する自身への蔑視などといった悪循環は、心のどこにもまったく認められない。

いよいよ足どりが緩慢になり、背中にぞくぞくする悪寒が走り、快楽に限りなく近い無感覚が始まりかけ、心の方位盤が示す四方に沿って迷路が極まったと思えた頃、ふと、行く手前方を見やると、おれを凍死へ導かないための暖かい色の光がちらついていた。さらに距離を詰めると、とろ火にも似た、いささか頼りない輝きが、幻覚からもたらされた認識の混乱ではないとわかる。横一列に整然と並んだ光が密集した人家や集合住宅を想わせ、平板な安堵感が得られたことによって意識が正常に戻る。ついでおれは、すべての人間と袂を分かち、誰とも接触を持たずして生きることが事実上不可能であるという、当然至極の真理を改めて痛感し、そうした月並みな自覚にほっとしながら、まっしぐらにそっちをめざす。

ところが、近づけば近づくほど、おれの想い描いていた救済の光とはおよそかけ離れていることがわかり、人工的な光であることに変わりはなく、しかし、人家のそれにしては配置があまりにも規則正しく、しかも、そこまでの送電線がまったく見当たらなかったのだ。電柱の一本くらいと出くわしてもよさそうなものなのに、それらしき物すらなく、もっと歩を進めると、今度は異様な気配が募り、聞き覚えのある連続音に気がつくや胸騒ぎが始まり、空想的な憶測がたくましくなった。だが、重油の燃える臭いが運ばれてきたとき、音の正体がいっぺんに解明された。ジーゼルエンジンの音と臭いに違いなかった。それに加えて、規則正しい配置で真横に並んだ灯りが一両編成の列車であることを証明していた。

あまりの積雪に前進も後退もままならなくなり、もしくは、吹きだまりの雪の壁に乗り上げて脱線し、立ち往生したまま、ラッセル車の救援を待っているところに違いなかった。いずれにしても、おれはまだまだ運に見放されていないことになり、その偶然に恩義を感じながらなおも接近して行くと、ほどなく事の大抵を知ることができた。雪が原因していることは紛れもない事実で、列車の進行方向の側に向けて圧縮された雪が致命的な障害となって立ちふさがりまた、後方の側も同じくらいの積雪量があった。しかし、相当な衝撃を受けたはずなのに、幸いにも車輪はレールから外れていなかった。おそらく、こうした雪国ではひと冬に幾度かある、想定内の、事故とも言えぬ事故であったのだろう。

外から扉が開けられないことを承知で、おれは運転席側に近いところに取りつき、よじ登った。窓をがんがん叩いて運転手の注意を促せば車内に入れてもらえるはずだと、そう考えたからだ。ところが、いくら叩いても中からなんの応答もなく、運転手が席を離れているのかと思って客席の側に目を転じても、窓ガラスにびっしりと張りついた雪のせいで内部の様子がぼんやりとしか把握できず、そこで、体温と唾を利用して窓に凍てついた雪を解かし、素早く目を押し当てた。運転手は所定の位置についていた。ただし、職務を果たせる状態にはほど遠いありさまだった。気を失っていた。さもなければ、絶命していた。運転席で前のめりに突っ伏し、おそらくは雪の壁に妨げられて急停車した際の衝撃で頭をしたたか打ったのだろう、帽子のひさしがつぶれ、額がぽっくりと割れて、そこからかなりの量の血が流れ出していた。ぴくりとも動かず、いやにしかつめらしい顔をこっちに向け、まばたきしない目でもっておれのことを憤然として睨みつけていた。

さて、どうしたものかと、おれはしばし思いを巡らせた。列車を見棄てるか、自分を見棄てるかという、単純明快な二者択一を迫られていることに気づくまでにかなりの時間を要したのは、おそらく鮮血を目撃したことによる動揺が原因していたからだろう。雪をかき分けて線路上の玉砂利をひとつつかみ取ったおれは、乗客用の扉のガラスを叩き割り、どっと流出する暖気を顔面で感じながら破片を丁寧に外し、好奇心でうずうずするおのれを抑えつつ車中へと体を移した。同時に災厄の予感が鎮まったのは、人の気配が絶えていたせいだ。座席はどれも空っぽで、荷物用の棚には読み捨てられた夕刊と週刊誌しかなく、あとは、暖気と冷気が混ざり合ったことによる蒸気が漂っているばかりだった。運転手の生死のほどを確かめる気持ちはかけらもなく、あとは鉄道会社に任せることにし、ともあれラッセル車の到着を待とうと、一番奥の対面座席の方へ行きかけたところ、何かに蹴躓《けつまず》き、ぐにゃりとした感触にぎょっとなった。たったひとりの乗客である彼もまた、微動だにしなかった。酔いつぶれて寝こんでいたのだ。酒臭い寝息が泥酔を物語っていた。

国家なくして社会なしと思いこまされ、世間から締め出されることのみを怖れ、長年にわたって支配と服従の世界に身を置き、勤勉を金科玉条《きんかぎょくじょう》として奉りながら日々の仕事に携わり、人畜無害の忠実な労働者として挺身《ていしん》しつづけることで自らの本質を完全に見失い、旗幟《きし》鮮明ならしめる他者を敬遠し、真ならざるものに魂の救いを求め、それでもなお粗雑極まりない精神にしがみつき、そろそろ定年退職の時期を迎えようという、誇るべき手腕も、世間に通用する名前もない、人生の総決算とはどこまでも無縁な、生きる望みも絶え果てた一介の勤め人。

よだれを垂らした半開きの口からは、タバコのヤニが染みついた歯といっしょにガキ染みた夢の名残がはみ出し、いかにも不安げな寝顔には、安っぽい愛によってちやほやされた幼少期の思い出が張りついていて、醜貌《しゅうぼう》を恥じる癖がついてしまったらしい表情は、肉体的障害の変種として固定化され、そして、運転手よりもしっかりと閉じられた瞼は現世に対する断固たる拒絶を意味していた。そのくせ、なんの足しにもならぬ居直りの薄笑いを浮かべており、知的混迷とはまるで無縁な高鼾は吹雪と真っ向から対立し、紫と金のストライプのネクタイは不満の背景を成す数々の要員を一蹴するだけの大胆さを秘めていた。避けるべくもなかった、うらめしさを募らせるばかりの人生は、局面を打開する機会を得られぬまま、空無をめざして直進していた。

盗心《とうしん》を刺激されるのも無理からぬ話だった。酔いどれの懐から財布がはみ出していたのだ。銀行振り込みではなく、現金でもらったばかりのボーナスでも詰まっているのか、それはかなり分厚く、しかし、家族と共にひと冬を越す資金としてはかすかすかもしれなくても、おれひとりを養うためならば充分過ぎるほど充分で、これもまた幸運の為せる業ではないかと勝手に決めつけ、途端に、ちょっとした悪の力がおれをがっちりと捉えた。要するに、自由たるべくこの世に生を受けたおれへの天からの贈り物という解釈を成り立たせ、ほとんど反射的に財布に向かって右の手をそろそろと伸ばしかけたとき、甲のところにぽたりと生温かくて赤い液体がひとしずく垂れ落ち、鼻血でも出したのかと思ってこすってみたもののそうではなく、次の一滴によってそれが自分の血ではないことがわかり、はっとして背後を振り返ると、なんとそこには顔中血だらけの運転手が鬼のごとき形相で突っ立っており、おれの心根のすべてを見透かした、告発の目で睨みつけていたのだ。

彼は生きていた。足もとはおぼつかなくても、視力はかなりぼやけているはずでも、状況を把握できないほどではなさそうだった。もはやいかなる弁解も通用しないと判断したおれは、とっさにひっこめた右手で相手を突き飛ばし、素早く身をひるがえすと、入ってきたところから出て行き、恐怖の影に怯えながら逸《いち》早く夜の闇の奥へ姿をくらまそうと駆け出した。しかし、さらに深まった積雪のために思うように進めず、泳ぐようにして雪原をかき分け、そうやっているうちに列車の灯りが確実に遠のき、ほどなく救援のラッセル車のものとおぼしき光が遠くに見えてきた。

捜査線上に浮かぶ容疑者にでもなったような気分におちいり、必死になって逃げるおれは、吹雪に潜む底知れぬ深淵にぐいぐいと引きずりこまれてゆき、あるかなしかの自意識さえも呑みこまれて、魂そのものが発しているとしか思えぬ悪意の罵声やら愁訴《しゅうそ》の声やらと共に、おのれ自身もすっと掻き消えたのだ。あとに残ったのは、そもそも悪をなんだと考えるという正義に基づく自問と、縛《いまし》めの縄目《なわめ》を解き放してくれない良心と、どう言い繕っても転嫁できない罪と、無表情な分だけ恐ろしい列車の運転手の血まみれの顔と、そして、おれを庇い立てしてくれる吹雪のみだった。

緑風に魅せられて

卑劣な放縦《ほうじゅう》と醜行《しゅうこう》に走る喧騒の平野を覆う、焼けつくような炎暑《えんしょ》を避け、ひたすら寥気《りょうき》を求めて闇雲に突き進み、とうとう山へと分け入り、標高が上がった分だけ気温と湿度が下がってゆく心地よさに導かれ、優しげな喜びを見いだすことができる情緒たっぷりの古道を通り、感じのいい峠をふたつほど越えたところで道が幾つにも枝分かれし、一番心もとない小道を選択したあげくに、果たして行く手がどうなっているのか見当もつけられない、険しいけもの道へと出てしまった。しかし、道に迷って野宿を余儀なくされることも覚悟の上で、そのまま突き進んで行くと、周りをぐるりと低い山に囲まれた、盆景を想わせる好ましい空間へと呑みこまれ、まずはコメツガの古木で成り立つ天然林に深い感銘を受け、あたかも新天地が現前したかのような、繊細な性格の持ち主になれたかのような、清純な精神を呼び覚まされたかのような。そんな爽やかな心地になり、ほどなく、そよそよと吹き渡る緑風に籠絡《ろうらく》されてしまった。

木々のあいだを縫って流れる小川のせせらぎ、地面の所々ににょっきりと突き出した奇岩《きがん》、いやにくっきりとした葉脈《ようみゃく》を持つ亜高山《あこうざん》に根付いた野草、一羽一羽が宝石のごとき華やかなきらめきを放つ夏鳥たちの、明確に認知され得る透明なさえずり、清流に和して鳴き、二元論を涵養する、数種類の虫、そして、層々たる連山が放ちつづける、現実感からの乖離を促してやまぬ、しっかりと永続性を具えた陶酔感……。

瞬時にしてそこを自分専用の天国と定め、この世における自分だけの楽園と本気で決めつけて、勝手に占拠してしまったおれは、できることなら万物を残らず包括してもらいたい緑風を肺いっぱいに取りこんだ途端に、つい今し方までの自分はほとんど混濁した意識であったことに気がついた。すると、頭と心の両方がいっぺんに澄み渡り、精神の物ぐささが改まって、あげくに、「おれはたった今生まれたのだ」などという不可解な極言を発するありさまで、かたわらにころがっている、びっしりと苔にくるまれた流線形の倒木にどっかりと腰を下ろすと、だしぬけに肉と霊の不一致が失せ、存在の核心を見事に突いてくれそうな気高い哲理が触発され、命の保持という根源的な願いまでもが縮減され、いよいよ賢慮《けんりよ》の働きが始まったのではないかというたぐいの大層らしい物言いに拘泥するようになり、根拠なき思惟から弾き出された、明快にして簡潔な、心すべき一事などはどこにも存在しないという答えが、堂々とまかり通るようになった。

と同時に、ひょっとすると、それとは知らずにおれのなかに温存されてきた狂気の先触れかもしれないという疑いが頭をもたげ、その背後で、気を確かに持てというたぐいの叱咤の声が飛び交っていないわけではなくても、しかし、他方においては、それはそれで素晴らしい答えではないか、いかにも放浪者らしい結論ではないか、孤独の伴侶としては似つかわしい見解ではないか、という弁明も成り立たないわけではなく、命の発生と消滅のいずれも不朽性を失っていないことが悟性《ごせい》に強く訴えかけられ、視野を妨げていた純と不純という二重の意識が一掃され、慢性的に胸のうちに漂っていた、魂のもやもやがきれいに吹き払われたかと思うと、「もって瞑《めい》すべし」という、引導を渡すためのひと言が耳打ちされたのだ。

それは、望んでもいなかった、好ましくも意外な心境の変化で、一木一草に至るまでが気を許せる友と化したかのような不思議な錯覚は、このおれをありとあらゆる頸木《くびき》から逃れさせ、ゆったりと流れる刻一刻にも深甚《しんじん》なる意味を授け、無名のまま終わりそうな価値なき者をそうでない者に変え、けなげで儚いその存在を立派に証明してみせるのだった。

良き援護者を必要としない、屈強な男子としての渡り者、知的な困惑におちいることなく魂の奢侈《ごうし》に耽る詩人、自然の寵児にして、良心の言葉を故意に歪曲する泥棒という、このおれは今、占有した別天地の中心で紛うことなき自己を持し、浅薄皮相なすべての事柄から隔てられ、わざくれ心なしに自力で達成した「風人間」になるという目的を十全に理解し、多事多難の世を自分にはまったく無関係な界域と見なし、わが楽園と相互作用する五感のなめらかな反応を存分に楽しんでいる。

ここに満ちる何もかもがおれの目を開かせ、善の意味と悪の意味の二義性を帯びておれの心情にじんわりと働きかけ、確信に満ちあふれたこんな言葉を投げかけ、さかんに鼓舞する。

欲するままに為せ！

だがしかし、この種の疑問は間違っても聞こえてこない。

いったい何に向かっての自由なのか？

みずみずしい草の上に腹ばいになり、霞のごとき不分明な言い種をすべて押し流してしまう小川の水をひと口飲むと、おれはもうそれだけで恵み深い自然の一部と化し、この地に足をつけた、押しも押されもしない定住動物となり、法律的にどうであろうと、ここの全体が私有財産となり、幾多の変遷を重ねてきた泥棒行脚《あんぎゃ》がついに終止符を打ち、浪々《ろうろう》の身の上から解き放たれる時が訪れたのではないかとしみじみ思った。すると、なんだかいっぺんに気抜けしてしまい、岸辺に身を投げ出して横たわるや、たちまち意識の越境行為が始まり、これまで生き延びるために重ねてきたみずからの努力をまるごと放棄したくなり、そのまま半覚醒状態のまどろみに落ちた。

ところが、いくらもしないうちに目が覚め、睡魔をすっかり追い払い、おそろしく浸透力に富んだ、かそけき音だとわかるまでに数秒とかからず、それでも、音の正体についてはなかなかつかめなかった。詳細まではわからなくても、確かに何かが起こりつつある不穏な気配であることは間違いなく、激しく興味をそそられ、やおら起き上がったおれの目に映る光景は、もはや荘厳にして秩序あるものなどではなく、楽園の喪失に直結する、どこかしら殺風景なものに変わっていた。安寧《あんねい》を狂わせ、美を蚕食《さんしょく》するかのごとき不自然な音は、おれを苛立たせ、しかも、それが音ではなく、声だとわかってしまうや、もう我慢できなくなり、忍び音を漏らすような、哀求《あいきゅう》するような悲痛な声は、警戒心を押しのけておれをいざない、断々乎《だんだんこ》としてこの王国における自身の支配力を示さんがためにも、せめて原因を突き止めることだけでもやってのけなければならないという切実な義務感に駆られ、じっと耳を澄まし、姿勢をできるだけ低くし、空き巣を働くときの要領で足音を忍ばせ、そろそろと移動して行った。

動物の、それも、比較的大型の動物の声であることが次第に鮮明になり、さらには、生命原理の根幹に触れる叫びであることが判明してくると、甚だしい理不尽に屈して助けを求め、慈悲を乞うている状況がはっきりと目に浮かび、そしてついには、どうにかしてやれるのはおれを措《お》いてほかにいないことが確信された、看過《かんか》すれば自己崩壊を招くに違いない成り行きだと思った。だが、そうした奇異な出来事に出くわした際には、本業以上に迂闊な動きを慎まなければならなかった。油断は禁物だった。相手は手負いのけものかもしれなかった。もしそういうことならそいつは人間の全員を憎むべき敵と見なし、文字通り死に物狂いの反撃に転じるだろう。それでもなお引き下がる気持ちにはなれず、たとえ恐怖に脳が惑乱したことで肉弾戦を挑まれても、咬みつかれたり、鉤爪《かぎづめ》を突き立てられたりしても、助けられるものなら助けてやらなければならぬと、そう思わせずにはおかぬ悲痛な声だった。

ほどなくして、山羊に似た声からして熊ではないことがわかり、ならば手に負えるはずだと思い、足を速めようとしたそのとき、樹齢数百年にも及ぶと思われる大木のそばを通過する直前、ほんの数メートル先に見えたのは、人間だけに特有の、愚昧《ぐまい》と背中合わせの狡知《こうち》だった。迷彩服を纏い、軍靴を履いた、髭もじゃの男が、べったりと地面に伏せて、スコープ付きの猟銃を構えているという、そうした緊迫の場面が目に飛びこんでくると同時に、二つ、ないし三つの要因が絡まり合って共存している複雑な事態の全容が見て取れた。つまり、こういう図式だった。助けを求めて鳴いているのは仔鹿で、右の後ろ肢が「虎挟み」という品名で売られている罠に落ち、そこから小川を介して少し離れた木立ちのなかに見え隠れしているのは、母鹿に違いなく、狩猟者の狙いは、仔鹿を囮《おとり》にして母鹿をも仕留めることにほかならなかった。

母鹿は身の危険を百も承知でその場にとどまっており、だからといって為す術などあろうはずもなく、遅かれ早かれ、射殺されるか、仔を棄てて銃弾の届かぬ森の奥へ姿を消すかの、実に不愉快な選択を迫られることになるはずで、おれの予想では、母鹿の素振りからして前者の運命を辿り、親子共々圧倒的な破局を迎えることはほぼ確実だった。そして、仔鹿はむろんのこと、母鹿の目も潤んでいることが遠目にもわかったとき、状況の全体をひっくるめて人間的な出来事としか捉えられなくなり、下等な生き物は銃を構えている奴のほうだと直観し、危急存亡のときに陥った無実な親子を冷徹な目で眺め、不当な仕打ちを加えようとしているその男を恥知らずな悪しき者の典型と決めてかかり、いかなる手段を用いてもこれを脇へのけなければならないという、泥棒にあるまじき善良にして聖なる意識が一挙に募った。

正直なところ、おれとしてはまったく論ずるに値しない問題で物のわかった人間がおのれの楽しみのために野生動物の命を奪ったりするはずはなかった。先史以来の、そうしたたぐいの暴力に未だに隷属している、陋劣《ろうれつ》な根性の男をいくら激しく論難したところで徒労に終わることは目に見えていたし、よしんば無駄を承知で中止を申し入れても言い争いになることは必至で、こじれ方いかんによっては、銃弾が鹿よりも先にこのおれの心臓を貫通する可能性もなきにしもあらずだった。自分だけが生命の王座についていると思いこんでいる、こうした連中の深層心理にこびりついているのは、本当は四足の動物ではなくて人間を狩りたいという、根深くておぞましい願望にほかならず、つまり、殺人に取って代わる行為であり、戦争の真の動機でもあったのだ。

もしこれが母鹿一頭のみに差し迫った危険であったならば、たった一回の投石で狙われている立場を教えてやることができ、しかし、あいにく仔連れの立場にあり、ましてその仔鹿が身動き取れないとなると、真っ当な方法に頼っていたのでは手も足も出せず、さりとてこのまま何もしなければ、見たくもないどころか、あとあと悪夢として尾を引くに違いない光景が訪れるのは時間の問題だった。母鹿の動きが停止する一瞬をじっくりと待つ男は、おのれの強制化に在る獲物に熱過ぎる視線を釘づけにしており、それが生活の糧を得る行為であれ、はたまた放蕩の果てに行き着いた道楽であれ、そんなことはもはやどうでもよく、今のおれはこれまで以上におれ自身を模範とすべきであり、損得を軸にした思考はいっさい無用で、やろうとしていることを今やらなければ、この先、腐敗の坂道をころがり落ちて行くであろうことは理の当然だった。

取り立ててそうしたことに対する牢乎《ろうこ》たる信念を持っていたわけではないにもかかわらず、物理的に一番強い立場に立ち、暗い快楽の虜になった狩猟者の姿が、まるで稲妻の一閃に照らし出された悪魔のように見えた途端、おれは腹にすえかね、やたらと興奮し、そいつのことを胸のうちであしざまに罵り始めた。すると、けっして理性の一瞬のひらめきによるものではなくまた、若気の過ちの延長からでもなく、権利としての爆発的な激情に駆られたおれは、常識や良識のたぐいをいっぺんで鈍磨させてしまい、代わりに、燃え立つ心火《しんか》が鮮明に自覚され、そのための準備をおおさおさ怠らぬ、不敵な実行力を具えた者となり、かつて味わったためしのない、敢えて立ち向かってゆくという強い推進力が五体の筋肉に作用し、普段あまり使ったことのない部分の精神が一抹の不気味さを秘めて激しく活動し、感情がおれの世界を支配した。同時に、永久に放棄しなければならない武器をもってして動物を殺す者とのあいだに大きな懸《けん》隔《かく》が生じ、その差が、他者とあまり関わらないことを旨として生きるおれから、烈々たる闘志と烈日《れつじつ》のごとき気迫と裂帛《さいで》の気合いを引き出し、気づいたときにはもう両足が地面を離れていた。

全身がバネと化して宙を飛んだことまではうっすらと自覚されたものの、着地してからのことはとなるとさっぱり記憶になく、ただもうめちゃくちゃ大暴れしたことしか覚えておらず、また、一発の銃声が山々にこだましたことだけは印象に残った。おそらく、おれの不意打ちを食らった拍子に引き金を絞ってしまったのだろう。弾は大きく逸れ、無傷の母鹿はいかなる艱難《かんなん》にも耐えうる者として同じ場所に佇み、そしておれ自身はというと、大車輪の活躍でぜいぜいと息を切らし、急速に落ち着きを取り戻してゆく段階を経て、おのれが果たして何をしでかしたのかが心配になり、よもや人を殺めるような真似をしたのではあるまいと思いつつも、いったいどんな形で決着がついたのか知るべくもなく、不安に満ちた視線をゆっくり足もとへと落としていった。

結果は瞭然たるもので、そこには、あざやかな思い出になりそうな劇的な構図でもって、狩猟者がうつ伏せになって倒れ、だが、死んではおらず、また、瀕死の状態でもなかった。それが証拠に、体のどこにも傷は見当たらず、たとえば、石による激しい打撃を受けて後頭部が打ち砕かれているというような、たとえば、奪い取られた銃によって撃たれているというような、たとえば、格闘の最中にちょっとした手傷を負ってすっかり意気消沈しているというような、けっしてそんなことにはなっていない事実を完璧に理解して、おれはほっと安堵の胸を撫でおろした。

取っ組み合いの喧嘩どころか、遊びの相撲に興じたことさえない、荒っぽいことに不慣れなおれの仕業にしては、我ながら大した手際であると認めざるを得ず、というより、その瞬間だけ、神々しい情熱と腕力を秘めた、畏怖すべき別人に変わっていたのかもしれない。たぶん、狩猟者の常備品として当人が持っていたロープを利用したのだろう、そいつは後ろ手に縛りあげられた上に、両足も同じようにされ、しかも、目隠しとして帽子をすっぽりと顔面にかぶせられ、やはり同じロープでぐるぐる巻きにされていた。つまり、何かどうなっているのかさっぱりわからないような、降って湧いた災難と得体の知れぬ恐怖の影に対応するのがやっとのありさまで、おれの人相を記憶に刻みつける余裕などとてもなかっただろう。例の必殺の武器はというと、小川に投げこまれたことによって単なるがらくたに変質しており、スコープのレンズだけが模造の宝石のごときインチキ臭い輝きを放っていた。

そしておれの内なる力は頂点に達し、面目が立った気分をさらに突き抜ける高揚感に包まれ、自分のしたことが、おのれの存在を証明する立派な行為どころか、名声を花咲かせる赫々《かくかく》たる壮挙にまで思え、おれ自身を羨望の目で眺めたい気分だった。片や、とんだ被害をこうむった男はというと、凄まじい疑心暗鬼に陥っていることは間違いなくても、打ち見たところ、意識はまともそうで、背後からだしぬけに襲われたことによる衝撃と、あっと言う間にがんじがらめにされた屈辱と、いったい誰がなんのためにこんなことをしでかしたのかという疑念に激しく苛まれながらも、それ以上の危害が加えられないとわかって心のありようがひと段落したらしく、何はともあれ無事であった命に感謝し、次なる混乱を避けるためにはへたに騒いだり逆らったりしないほうが得策であるという、実に賢明な答えをきっちりと頭に入れているらしく、聴覚だけを頼りに得体の知れない敵を探ろうとしていた。

そいつがどう思おうと、おれとしては判然たる意図のもとにやったことで、しかし、これで万事解決というわけではなく、まだ肝心なことをやってのけておらず、それに気づくや死にそうなほど怯えて鳴き叫ぶ仔鹿に近寄り、渾身の力を虎挟みの強力なバネに集中させ、小さな犠牲者を一挙に激痛と拘束から解き放ってやった。難を免れて自由の身になったにもかかわらず、依然その場にとどまっていたので、肢の骨が折れたり砕けたりしているのかもしれないと心配になり、確認のためにそっと手を触れ、すると仔鹿は弾かれたように飛び跳ね、母鹿の懸命な呼びかけに応えて喜び勇んで駆け出し、小川を跳び越え、草むらを横切る途中で野生の立場を維持できる快活な性格と魂の歓喜を取り戻し、そして、木立のなかへと紛れこんだ。いくら可死的な存在とはいえ、より悪い死に方をせずに済んだ鹿の親子が、コメツガの林の奥へと姿を消す寸前に、揃ってこっちを振り返ったように思えたとき、おれのなかにあらゆる命題の解明につながりそうな恒常不変な詩想がこんこんと湧き出し、精神の働きを乱す原因がすっかり消滅したように思え、生涯を通して持続させるべきものを確かに得たという感激に浸ることができた。

それからおれは、足もとにころがっている人間をまじまじと見つめ、だが、なぜか関心は薄く、これくらいの懲らしめによって、これまでけものに与えつづけてきた死の重みに耐えかねるようなしおらしい人間になるとはとても思えず、さりとて、まさか彼の銃と同じ運命を辿らせるというわけにもゆかず、一方において鹿の命を救いながら、他方において人の命を奪うなどということはどうやっても言い繕えない矛盾であり、そうかといって、この場でいましめを解いてやれば、今度こそ血を見るに違いない悶着が起きるはずだった。そこで、おれはしばし考え、その場を立ち去る時間と、追跡されない時間を確保するための工夫を思いつき、まずは狩猟用のナイフを男の前方数十メートル先に置き、それから、手足を縛った縄目を心持ちゆるめてやり、相手の耳もとに口を寄せて、自力のみを頼りに助かる方法について詳細に説明してやり、芋虫のように体をくねらせて直進すれば、少なくとも日没までにはナイフのところへ辿り着けるはずで、あとは、ああでもないこうでもないと試しているうちにロープを切断することができるだろう、と言ってから、ついで、脅しのひと言をつけ加えてやった。

「それまでに熊や蝮《まむし》と出くわさなければいいんだが」

ついで、こう結んだ。

「こうなる原因を作ったのはあんた自身だからな」

そう言うとおれは、懲罰の意味を込めて意気沮喪《そそう》しているそいつの横っ腹を数回蹴り上げ、なんの関係もない他者からだしぬけに加えられる苦痛がどんなものであるかをほんの少しばかり教えてやり、それから、楽園にも、最後の休憩場所にもなり得なかったコメツガの林を立ち去るべく、命を最優先する明白な根拠を引き連れて、鹿の親子が消えた方へと歩き出した。

街道へと出るまでの数時間、背後に鹿のものと思われる気配が付きまとって離れず、しかし、いくらふり返っても、それとおぼしき姿は確認できず、そこにはただ、あまりにも主情的な緑風が吹いているばかりだった。

高嶺《たかね》颪《かぜ》に倒されて

少なくともあと数日ほどは爽涼《そうりよう》な秋気《しゆうき》がつづくと思っていたのに、よんどころない事情で、連なる山々に囲まれた原野を徒歩でよぎっている途中、それまで吹いていたものとは比ぶべくもない種類の風に、背後からどっと奇襲されたのだ。

高い峰々を越え、高低差を利用して叩きつけるように吹きつけ、生のあらゆる痕跡を破壊してしまいそうな勢いの強風は、襟を立てたジャンパーだけが頼りのおれをいっぺんで震えあがらせた。そして、いつしか上空には層積雲がかかり、途端に季節が紛らわしい様相を呈し、いくらも行かないうちに体温が奪われ始め、早足で歩いている限り血行が悪くなることはないだろうという自信を、たちまち吹き飛ばしてしまった。

歯の根が合わぬほどの震えに苛まれ、体を縮められるだけ縮めても寒さが身に沁み、体調はみるみる劣悪化を辿った。しかし、辺りに避難できるような建物はまったく見当たらず、掘っ立て小屋ひとつなく、視野を埋めているのは、今ではほとんど使われていない草だらけの古道がよぎるススキの原のみで、しかも、そこを実際に歩いてみると、見た目よりはずっと広いことが痛感され、日没までに谷を抜けたところにあるはずの里へ辿り着けるかどうか、かなり怪しくなってきた。絶え間なく形を変えながら流れる雲がしだいに黒ずみ、鳥や虫の鳴き声も風音にかき消されてしまう頃になると、知的な困惑におちいり、理性的な判断を積み重ねて得てきた答えのあれこれがぐらつき始め、とうとう生気の異変が自覚されるようになった。

悪寒の波状攻撃を受けている程度ならまだ辛抱できたものの、感覚が異様に研ぎ澄まされた分だけ常ならぬ不安に囚われ、ほどなく歩幅がどんどん狭くなってゆき、全身が銅像のように硬直して一歩たりとも進めなくなり、ついにはその場にうずくまってしまった。自分では起き上がったつもりなのに、実際には、地べたに横倒しになっていてそれきりどうすることもできず、肉体のあまりの脆さに呆れ返りながら悪寒に身を任せているしかなかった。そして、数十年後に迎えるはずだった死へ至る過渡的形態がだしぬけに訪れてしまったのではないかという、承服しかねる驚きに心をぐさりと刺しつらぬかれ、もしもそれが正真正銘の最期ということであるならば、なんとしても拒斥《きょせき》しなければならないと思い、自由の原義たり得る放浪によって鍛え、蓄えてきた底力を発揮するときがいよいよやってきたという自覚をしっかりつかんだものの、どの筋肉にも充分な電気が流れてくれず、ただもうそんな情ないありさまの自分自身へと目を向けて、ぶるぶる、がたがた震えているしかなかった。

取りこんでいて昼飯にありつけなかったこともいけなかったのだろう。久方ぶりにドジを踏んだ。ぬかりなくやったところで、そういつもいつも上手くゆくわけではなく、たまにはこういうこともあるのだ。典型的な中流核家族の住宅と読み、人の気配が完全に断たれていると直感して、留守宅と頭から決めつけ、裏口からそっと忍び入ったところ、なんと奥座敷に寝たきりの年寄りがいたのだ。道理で鍵が掛けられていないわけで、襖を開けると同時に、目と目がまともに合ってしまった。さいわい、認知症にやられていることが、まったく動じない態度にはっきりと出ていたから事なきを得たものの、もしそうでなければ大騒ぎされて、これまで体験したことがないほどの窮地に立たされていたかもしれない。

おれとしては、暴力とはいっさい無縁な、誰とも衝突なしに欲しい物を手に入れる、ごく普通のこそ泥でしかないことにちょっとした誇りを持っていて、下賤な居直り強盗なんぞに変身しない自分をよしとしていたのだ。だから、一刻もゆるがせにできない事態を認識して即座に外へ飛び出し、全力の逃亡に意を用い、俊足を活かした疾走を開始した。途中で盗んだ自転車を飛ばしに飛ばし、急坂に差し掛かったところで徒歩に切り替え、そして、よもやそんなことにはなるまいという確信があっても、万一非常線を張られた場合を考慮し、駅やバス停や街道を避けて山へ分け入った結果がこういう羽目になってしまい、過ぎたる警戒心が災いしたとはいえ、これはないだろうと思った。こんなところでこんなふうにして死んでゆくことをおれらしいと言えるようになるのは、まだずっと先のことであらねばならなかった。

原初的な現象のみに満ちあふれた荒れ野を吹きすさぶ高嶺颪は、烈風や旋風へと変奏しながら、へたりこんだおれの命をまるごとくり抜かんとしてますます勢いを強め、体力に調子を合わせて弱りつつある気力に苛烈な追及を加えてきた。実際には紋切り型の薄幸のなかで育ったのに、なぜか、天涯孤独の孤児の気分にさせ、克服しがたい困難に包囲された最悪の生い立ちを錯覚させ、しかも、小心なるわが魂をはっきりと自覚させ、胸のうちに貯蔵された罪過の数々を意識させ、あげくに、どこまでも受け身な生き方をした末に「死ぬべき身を悟れ」と鳴く、瀕死のコオロギなんぞと悲しみを共有できる者の側へ一挙に引き倒されてしまった。

かくして、副命題としての死が命題に取って代わった。

仰向けになって両手を胸のところでそっと組み合わせたおれは、死体を継ぎ合わせたような全身をばらばらに自覚し、寒気の重圧をこうむりながらもなんとか意識を正常に保とうと歯を食いしばり、恍惚へと向かう心を引きとめることがどうしてもあたわず、かくなる上は心の避難所を探すしかないと考え、記憶のどこかに貯蔵されているはずの古き良き思い出を物色し始めた。けれども、どこをどう探索してみたところでそれらしき影すら見当たらず、幸福に対するひもじさと自己陶冶《とうや》にいそしめない無縁な沈滞の日々ばかりが甦り、果ては、出て行ったきりなしのつぶての夫を待つ妻と、彼女が独力で育て上げなければならなくなった幼児と、そんな母親の苦労を見るに見かね、母子家庭の経済的な負担を軽減させるため、激しく揺り動かされる自由への憧憬のため、やがて家を飛び出し、自活の道を歩み出した少年の姿が、懐かしくも切なく目に浮かぶのだった。彼にとってその家出の意味するところは、自己を構成してゆく道程において屈折以外にはあり得ないということであり、生き抜くために必要な品々はすべて眼前にころがっているという、普遍的な欲望に裏打ちされた、単純にして明快な洞見《どうけん》を得ることであった。

もしかすると、おれはすでに死者の仲間入りを果たした存在であるのかもしれず、あとはもうあの世とやらから迎えの者が馳せ参じてくれるのを待って、これを限りの旅に立とうとしているところかもしれず、もしそうだとすれば、早いとこ気持ちを切り替えなければならず、まだみずみしい肉体を永久にふり棄て、一度見失われた後に発見された宝物のような魂を、天涯海隅《てんがいかいぐう》の果てへ飛ばす準備を整えなければならなかった。

しかし、命がまだ生死をきっちりと隔てる壁の上に投げ出されているだけだとすれば、全身に及ぶ震えが呼吸や心臓の鼓動を停止させてしまう前に、打つべき手が残されているはずで、たとえ体の自由が利かなくても、声を発することくらいは可能かもしれず、自身への一喝によって、ふたたび生の側へころがりこめる見込みはなきにしも非ずだった。ところが、ありったけの声をふり絞って絶叫したつもりなのに、なんらかの理由によって突風にかしぐススキの音しか聞こえず、いくら試してみてもひと声も発せられず、もはやこれまでと諦めるしかないという絶望へどんどん傾いていった。その間にも、心的混乱が強まり、自己懐疑に沈み、運命の理不尽さを感じ、ひどく割り切れない気持ちが募り、これほど儚い生涯と最初からわかっていたならば、別な生き方もあったのではと思ってみたものの、すぐさま、これしかなかった、これでよかったという結論が急浮上し、もはや程度の低い悪あがきはすまいと意を決し、潔く死へと踏み出す覚悟を固めた。

だが、せめて和楽の気分で終滅を迎えたかった。おのれの行跡を省みようとは思う気持ちもなければ、わが身の不運を呪う気持ちもさらさらなかった。自由の深さに関しておれの右に出る者はいないと号してはばからない、もうひとりのおれが、地べたに寝そべっているおれのかたわらで荒涼たる風を受けて立っていた。それにつけても心を寄せるに値する何かが欲しかった。誰でも知っているわらべ歌の一節でも口ずさむことができたならば、憎悪心を培うには打ってつけのこの世と完全に和解することができ、心おきなくあの世とやらへ旅立って行けるだろう。蛇足ながら、自身との関係も良好な「風人間」ではあっても、断じて軽薄な「夢追い人」なんぞであったためしはなかったこのおれだが、息を引き取ったあとならば照れることなく後者の側に立とう。

空虚な抽象としての突風の音が最後の問いかけに聞こえたとき、つまり、「おまえはいったい何者として死んでゆきたいのか?」と、そう尋ねられたと思ったとき、おれはすっかり面喰らってしまい、どう答えていいのかさっぱりわからず、精神の崩壊と感情の放散を免れないことを承知で、難を避けて易きに流れ、万人のうちに本性的に具わる愚直に逃れて、極端な主張とそう変わらない、積極的に過ぎるだんまりを決めこんだ。そして、おのれのなかにまだ残存しているはずの生気の小片を大急ぎでつなぎ合せ、この世を去るに際しての言葉をせっせと紡ぎ、胸のなかでこうつぶやいた。

おれは、生きているあいだも、死んでからも、一陣の風という存在を堅持するつもりだよ。それも、どこ吹く風と言う名の風さ。

我ながら、まさに至言だと感じたそのとき、万物を破滅に向かわせそうな、ひときわ冷酷な風がびゅうびゅうと吹きつけてきたかと思うと、寂寥《じゃくりょう》と魅惑にあふれたススキの原を重々しく圧して大地をかすかに震動させ、「くたばってしまえ！」などという貧しい言語でもって、誇り高き異端者としてのおれから主知的なものをことごとく吹き飛ばし、不分明のままでありつづけるうつせみの本質の深淵を垣間見せ、生から無限に離れているはずの死を、荒れ狂う混乱といっしょにすぐそこまで送りこんできた。その直後に訪れた、いかなる喧騒も寄せつけぬ静寂のなかで、現世には住めず、生者の誰も知りえないはずのあれが、巷間言い伝えられている、命とは絶対に共存できないあいつの気配が、いとも容易に察せられた。しかし、それはいかにも死に神のお出ましというような仰々しい形ではなく、どこまでも黒っぽい、世界と融和することが絶対に不可能な影のかたまりとして、鉛色の天空からだしぬけに舞い降りてきたのだ。辺りの空気は一変し、なんだか呪わしい気持ちになり、解毒剤の役目を果たしてくれる普遍的な真理が影をひそめ、ほとんど病的とも言える緊迫感に包まれた。

ある意味、神と並んで至高の権威を有した至高の存在かもしれぬ、間断なく死の種を蒔きつづけるそいつは、炎天下が作る影よりもさらに濃厚な、自在に形を変える影のひとかたまりという不気味な姿のまま、しばし、無限なる現在のなかを野良犬みたいにうろついていたが、ほどなくして、揉み手して近づく下心たっぷりの商人のような調子でこっちへと迫り、腹の内を探るべくおれの周りをぐるぐると回り、ついで、ぴたっと動きを止め、過労と低体温が祟って衰弱した人命をむしり取るべく、ここぞとばかりに死の毒気を吐きかけてきた。それをひと口吸いこむや、故ない軽蔑を受けたかのような、あるいは、無実で投獄されたかのような、あるいはまた、魂を血まみれにされたかのような気分におちいり、活殺《かっさつ》自在の力を盾に迫る、「死ぬ覚悟をせよ！」という、あまりにも激しい語勢に気おされてたじたじとなり、苦吟を漏らし、思慮分別を失いかけ、気がふれた者のような口調で服従を誓ってしまい、絶命へのやむにやまれぬ衝動に駆られ、思わず決断の時を迎えそうになった。

けれども、死を迎えたのはおれではなく、おれの胸の上に這い上がって、ぼろぼろに擦り切れた羽根を擦り合わせようとしていた一匹のコオロギだった。愛すべきちっぽけな有機体としてのそいつは、自己の在り方に悩んでいるかのように、突然動きを止めたかと思うと、ころんところがって、一巻の終わりを迎えた。たぶん、身代わりとなって死んでくれたであろうその虫の儚くもけなげな姿は、つまらない雑念やおびただしい虚妄と手を切れないおれを開眼させ、死を司る者の権威を無効にする、より高い強度の気力を蘇らせてくれ、たとえ敗北の憂き目を見ようとも一戦を交えるだけの覚悟を授けてくれたのだ。もはや肢一本動かせないコオロギが突風に吹かれておれの胸元から喉元へ移動すると、どういうわけか、なんとか声が出せるようになり、おれの死を決めるのはおれ自身であって、ほかの誰でもないという、そんな堂々たる意見表明が可能になり、ところが、敵もさる者、その程度の反駁ではたちまち言い込められてしまい、以後、高嶺颪の強弱に合わせて激しい舌戦を繰り広げるようになった。

そいつの言い分は、ざっとこんな案配だった。

決まり事としての死は生の褒美として用意されているのだから、もらえる時がやってきたならば喜んで両手を差し出さなければならない。死は可変的な被造物の権利として受けなければならない。死は苦悩を癒す涙と同じである。害毒を垂れ流すのは生であって、死ではない。死は目もあやな冠であり、だから、それを頭にいただいた者はこれまで以上に光り輝くことができる。内なる動物的人間を飼い馴らす徒労はきょうを限りに終るのだ。ここで死ななければ、永遠に頽落《たいらく》することになる。死を屈辱感に押しひしがれる自己放棄と捉えてはならない。また、生と死が互いに憎悪してやまぬ根深い対立関係にあり、最初から最後まで対抗意識を燃やし、悶着を起こしつづけ、隙あらば突っかかってゆくというような図式にはないのだ。生は死を減殺《げんさい》し、死は生を減殺することで、不朽性が失われずに済み、ために、永劫に滅びない存在という形がしっかりと保たれるのだ。死ぬことでおのれの魂の偉大さを思い知り、肉の狂愚に気づき、存在の意味が完璧に解き明かされ、まったき自己制覇という夢が叶えられ、嘆かわしい悪しき生活を送らなくてもよくなり、さらには心を入れ替えて別人になることもできるだろう。

それからそいつは、突然語調を変え、偽りの希望を示した。

「さあ、陳腐で非道徳な生を笑いのめし、万物を汚染しつづける、形ばかりの生を棄て去り、明朗にして平等な死を迎えよ！」

「死にたいと心から念じるだけでいいのだ。恒常不変の楽園がおまえを待っている！」

だが、そんな三流のペテン師の常套句にも似たまやかしの言い回しに騙されるようなおれではなかった。すぐさま反撃に転じ、敵意をむき出しにして、世界の隅々まで死を行き渡らせる力を持つ相手の自家薬籠《やくろう》中の論理を切り崩しにかかり、死とは何かという定義を拡大させ、面目を失墜させて痛手を与えようと懸命に応戦した。

よしんば死によって安楽という定まった道を易々と歩むことができるとしても、結局は絶望的な影の虚しさが増すばかりではないのか。その道の果てに待ち構えているのは、灼熱の炎のなかに身を没し去るという結末ではないのか。さもなければ、生前はよく出来た人間であった者たちの亡霊から蔑まれ、同情され、反省を促されるばかりの辛い日々ではないのか。もしもそうならば、そここそが地獄にほかならないではないか。友人や知人、家族や遠縁の者、そして赤の他人と、死んでからも和を保つことにどんな意味があろう。今まさに避けられない死に見舞われようとしているのだとしても、他者の助けはいっさい無用だ。迎えなんぞは必要ない。無理強いはごめんだ。こうなったからには誰の助けもなしに死んでみせてやる。

「おれの生がおれ独りのものであったように、おれの死もまたおれ自身のものだ！　おまえにどれほどの権限があるか知らないが、おれの生き死にに口出しをしたり、手出しをしたりすることは許さん。絶対に許さんぞ！」

それからしばらくのあいだ、双方のあいだで無意味な押し問答がくり返され、気に障る言葉の応酬がつづき、不穏な空気が生まれ、魂が震えおののいた。しかし、おれはともかく、鷹揚な無神経さを持った先方は、それを角逐《かくちく》とは解釈していないらしく、むしろ、そうした言葉のやり取りを大いに楽しんでいるかのように見受けられ、文字通り死に物狂いのおれを弄ぶことに、優越的な心地よさを感じているのかもしれなかった。つまり、おれの敗北は動かしがたい事実として、それ以前に定まっていたのだ。今や生気はすっからかんになり、命が危ぶまれる状況は確定的となって、この世においてはもはやいかなる価値をも持たぬ死者へと傾き、最後に残されていた希望の山が、いよいよもって崩れ去ろうとしていた。

すでにいがみ合いを続行する気力はなく、果てるところを知らぬ無差別な死を甘受するしかないと腹を括りかけ、死に神を送りこんできた、警句好きな高嶺颪がまたしても勢いを盛り返し、死をもって根絶しがたい悪から逃れよという言葉に止めを刺されかけ、せめて最後の深呼吸でもしてやろうとした、ちょうどそのとき、おれの胸元で渦を巻いた小さな旋風が例のコオロギを吹き飛ばし、なんとそれはいっぱいに開けた口のなかへと飛びこみ、意志に反して咀嚼が始まり、あふれ出た唾液がえも言われぬ美味を象徴し、苦悩と克服という絶妙な味付けを得たことによってすんなりと喉を通過し、胃袋に達するやいなや、口腹《こうふく》の欲が満たされて精神をも十全に満たす栄養素と化し、すると、かっとほてった全身に活力がみなぎり、生への情熱がほとばしって脱我的な願望が吹き飛ばされ、低落を招くばかりだった生命力がふたたびおれの掌中に帰した。

奇跡的な復活という逆転勝利を果たした自身を認識する瞬間、おれはがばっと跳ね起き、足もとでなおも危険な誘惑を試みている濃い影を立てつづけに蹴り上げ、一段と語気を荒げて、生が死の根底に横たわるものなどではない、死は所詮、没落への入り口でしかない、と、そう言ってやり、事、おれに関しては、まだ当分のあいだ視圏外にとどまっているほうが賢明だろうとつづけ、ぺっと唾を吐きかけた際に、今し方あれほど咀嚼して呑みこんだばかりのコオロギが原形を保ったままそいつの上に落下した。と、漆黒の影のかたまりは、人間に代わる手土産としてそれを取りこみ、おれを連れ帰ることを諦め、騒々しい印象だけを残して早々に退却し、次の風に乗って黄泉の国へと飛び去った。

死の到来と離去をこもごも感じながら、おれは自分のなかに超克されたものを鮮明に意識することができ、ぎりぎりのところで没落へ向かわずに済んだ命にじっと目を据え、心情と体調の不協和音が鎮まるのを待ち、熱を取り戻した筋肉と、神経細胞の電気的発火を利用して一気に立ち上がり、そして、まろびゆく世界を生き延びるために、悟性と理性と反骨精神を兼ね備えた、気の利いた男を気取り、颯爽たる足どりで轟々たる高嶺颪のなかを横切って行った。

熱風をかき分けて

もはや手に負えぬまでに高まってしまった、猛暑と多湿と喧騒が、壊滅的な肥大化を辿る欲望の凄まじい力に煽られ、行きあたりばったりで再構成されつづける大都市の中心部を隈なく覆い尽くし、ひたすら互いを傷つけ合いながら生きるために群れ集う、ありとあらゆる職種の人々を容赦のない試練にかけ、過大な夢と行き過ぎた希望によって心を麻痺させ、全幅の信頼を寄せるにはほど遠いお粗末な社会を形成する老若男女の肉体をとことん痛めつける。そして、どこまでも偽物臭い太陽はというと、かなり敵意に満ちた語調でもって、その実力もないくせに国威ばかりを顕揚《けんよう》したがる低級な民族の根底に横たわったまま微動だにしない、恐ろしいほどの楽観主義をあげつらい、深い憂慮を物語る爛熟の時代を、理性にまったく由来していない野蛮な時代と等価のものとして、とことん嘲笑う。

それでもなお、地上支配のための熾烈《しれつ》な闘争という恥ずべき行為の数々から目覚めようとしない人類は、ご多分にもれず、先走る幸福にけしかけられ、おのれの魂に永遠にぶら下がりつづける愚昧を動力源にして、安逸《あんいつ》と贅美《ぜいび》の暮らしを貪るという両立不能な目標をめざし、痛々しいほどがむしゃらな前進を敢行する。依然として、勤勉という古臭いお題目にしがみつき、奴隷同然の身の上を忍受《にんじゅ》し、雇い主に対しては精いっぱい恭順《きょうじゅん》の意を表し、金力によって断ち切られた怒りを振り返ることもなく、火傷しそうなほど熱く、今やほとんど毒ガスの仲間と化した空気をせっせと肺に摂りこみながら、おのれ独自の意志を持つことの有用性を蔑《ないがし》ろにし、片時も定まらぬ視線を高層ビルの谷間といずれ崩壊するとわかりきっでいる価値に這わせ、無知の代償として魂を日々削り取られ、その一方では、絵に描いたような奇跡的な成功への熱望に取り憑かれ、求め得るすべてを手に入れようと、あまりに無謀な奮闘を重ねている。

ここで真っ当な人間はおれだけだ。過酷な窮迫に包囲されていないのはおれひとりだ。おれ以外の、家畜から区別できない、完全に支配されてしまった者たちは、末端に至るまで揃って社会的悪癖に染まり、日夜、見込み違いによる大いなる失望と直面し、間断なき堕落におちいってしまっている。

有害そのものの炎暑《えんしょ》にもへこたれず、致命的な脱水症状にもやられず、潑剌たる生気の世界からも除外されず、あらゆる困難を抜け出したり克服したりする気概を失わず、度しがたい熱風と途切れることのない雑踏をかき分けてまっしぐらに突き進む、このおれは、骨身を削ってきょうを生きる者ではなく、安っぽい涙に明け暮れる者でもなく、考えても詮ない思索の淵に沈む者でも、目先の慰安を捜し求める者でも、法の前の平等という言葉から逃れられない者でも、必死になって性別の壁を乗り越えようとしている狂愚の者でも、露骨な搾取に踏みつけられた上に、さらに税金という形でささやかな収入を横取りされる者でも、すべての欲求を押し殺して神仏を大呼《たいこ》する者でも、救いがたい赤貧に追いやられて、のるか反るかの危機を余儀なくされた者でも、ただ一夜の歓喜のために一ヶ月を棒に振る者でも、高々一万なにがしくらいの商品のために長い行列の最後尾に並んで熱中症に倒れる者でも、特別な素質に恵まれているとはお世辞にも言いがたい芸能人を発見して思わず駆け寄ってしまう者でも、禁じられたクスリを小分けして密売する、片時も警戒心をゆるめられない者でも、自分自身を独り放置したまま、家業を放擲して遊び暮らす者でもない。

腹立たしく、ふざけた連中の溜まり場である、資本主義国家の恥部とも言うべき高級住宅街とやらを、何ひとつ痕跡を残すことなく静かに荒らし回り、我ながらめざましい活躍を連日連夜くり返した結果、少なくとも秋の終わり頃まで遊んで暮らせる収入を得たおれは、決定的な格差に貶められていることにも未だ気づかず、定年延長という気休めと併せてリストラという恐怖心を植えつけられ、あまりに狭小な心になってしまった、奴隷と同義の労働者の退屈げな群れを横目で見ながら、無害な弱点や無用な欠点をさらけ出すことなく、代置しがたい、独一無比の存在者として。孤独に付きまとうありきたりな虚無を終止せしめる、疲れ知らずの若い者として、真理の結晶とも言うべき自由を小脇に抱え、肩で風を切って颯爽と突き進むのだ。

そんなおれにとっては、都邑《とゆう》に混在する深刻な衰亡の問題のあれこれなど、どれを取ってみても論じるには値しないし、安定した社会における人間の状況全体に配慮する理由もなく、従って、ゆめゆめ心許すなかれというたぐいの注意事項も当然必要ない。

二重底のリュックに現金が入り切らぬほど稼いでしまったからには、果たして地獄と区別できるのかどうか極めて疑わしい、唾棄すべきこんな空間に、もはや長居は無用だ。煩悩のやつが発作的に鎌首をもたげたりせず、また、理性に異存がなければ、都心を満たす贅を尽くした嘘臭い刺激のあれこれに冷笑を浴びせたあと、遅くとも夕方までには、出発直前におれを魅了してくれた長距離列車に乗りこんでいることだろう。今のおれがめざしてやまないのは、狂騒とは真逆の静寂であり、熱風とは反極に在る涼風であり、心と体にとって万事好都合な環境であり、新しい時代の幕開けなど絶対に告げられそうにない、ひなびた土地であり、たとえば、名もなき浜辺であり、たとえば、森閑とした境内であり、たとえば、空いっぱいに星が点綴する丘の頂であり、たとえば、精神を潤してくれるありふれた雑木林である。そして、ほかの何よりもおれが信従してやまない、はぐれ鳥のそれにも似た、しかし、けっして心的虚無へ沈潜しない、たおやかな自由の感覚だ。

先天的かつ普遍的におれのなかに内在し、長足《ちょうそく》の進歩を遂げつつある自由の気質は、認識の深まりを差し招き、法をもたらす者たちの臭い息が届かぬ、不死なる大自然へといざない、万物を構成する微粒子のひとつひとつを生々しく実感させてくれそうな心地よい夜気を求め、世間を通してのみ学び得るものがすべてではないと断言し、自分に恐るべきくさびを打ちこむ隙を与えない。

ほとんど慢性的な沈黙のうちに在って、おれはこう宣言する。

おれこそが闊達そのものの生者だ！
この世を満喫するために生まれてきた人間は、おれをおいてほかにいない！
それだからこそ却って禁を犯しつづけるのだ！

どれほど見苦しい事態に投げこまれたとしても、否定的な結果が危惧されるようなしくじりがあったとしても、怒りと悲しみが一挙に噴き出すような羽目に追いこまれたとしても、おれがおれの名誉を汚すことなど絶対にあり得ない。よしんば方正《ほうせい》な美徳から除外された生き方であったとしても、よしんばよからぬ振舞いであるとずばり指摘されたとしても、よしんばこの世から必要とされていない人間だと糾弾されたとしても、不様《ぶざま》に度を失ったり、言葉もなくその場を立ち去ったり、心痛に促されて、ためらいがちにうなずいたりはしないはずだ。

おれは行く。
心の向かうところならばどこへでも行く。

意志が自由を制するとはよく言ったもので、しかし、その言葉はいくら頑張っても報われぬ勤め人に向けての言葉でしかない。かれらのように生き血の崇拝者どもに供せられるのはまっぴらだ。結局はどこかでそうならざるを得ない立場を拒否できぬまでも、おれは悪しき傾向と知りつつ泥棒の第一人者と素直に自認し、さりとて、月並みな自己憎悪に滅ぼされてしまう道は間違っても歩まないだろう。それにつけてもきょうのおれはまた別格で、煮詰まった商業主義の毒々しい雰囲気に汚染されることなく、富への渇望を非難する声などまったく聞かれない大都会にもよく馴染み、各自が応分の務めを果たす、がちがちに固まってしまった秩序の世界に見事に溶けこんでいる。その証拠に、おれは誰の目も引きつけていないし、田舎者を食い物にする輩のいいカモとしての対象にもされていない。現に、こっちへ注がれる意味ありげな視線は皆無だ。

いや、それは自惚れというものだ。うっかり見落とすところだった。腸のように曲がりくねった歩道橋の中頃で、肩をぶつけてしまった老婆に詫びようと後ろをふり返った際、強い日差しの照り返しでむんむんする時間帯にげんなりしている群衆のなかに、普通ではない眼差しをひとつ発見する。当初は気のせいではないかと思ったのだが、しかし、ショー・ウィンドー越しに再度確かめると、やはりおのれの勘に狂いがないことがはっきりする。尾行者の目に間違いないことは、抽象的な思考に耽ったり、移動の目的のみに集中したりしているほかの人々のそれとはまったく異なる鋭さを放っている点から明らかだ。スリと共通した目をしていても、断じてスリではない。スリならば拭いきれぬ負い目に付きまとわれているはずなのに、そいつには嵩《かさ》にかかった自負心が張りついている。靴はいつでもどこでも逃走が可能な種類のものだが、そいつのは、犯罪者の突発的な動きに即応するための、つまり、追跡用の靴だ。

おれが多少なりともうろたえているのは、ゆるぎないはずだった自信が少しばかりゆらいだからだ。その少しばかりのゆらぎがおれの誇りをかなり傷つけた。これまで官憲なんぞに目を付けられたことはただの一度もなかった。しかも、きょうのおれは、仕事になりそうな獲物を物色してなどおらず、朝から能天気にくつろいでいた。そして、あとは数時間のうちに高層ビル群の谷間に別れを告げ、どこでもいいどこかの地方へ流れて行くばかりの、そんなおれにわざわざ目をつけるとは、さすが最大の都市の平和を守る専門家だけのことはあり、田舎で同じ仕事に携わる見かけ倒しの連中とは格が違う。要するに、そいつはこのおれを逮捕という不安におとしいれた最初の警察官というわけだ。その力量を傑出したものとして褒めてやるべきなのか、それとも、どこかに隙を見せてしまったおれ自身を咎めるべきなのか、大いに迷うところだ。

今ではもう、不快な印象と化した尾行の意志がありありと見て取れる。奴がおれの背後を狙っていることは明々白々たる事実だ。とうとうこの手の輩に嗅ぎつけられる罪の臭いを放つまでになってしまったのかと思うと、残念でならない。だが、心配するには及ばない。もしも身柄の拘束が目的ならば、動かぬ証拠をもって、とうにそうしているはずだし、それにだいいち、反撃をくらう可能性が充分にある相手に対してたった独りで肉迫することはあるまい。思うに、彼はおそらく、いわゆるベテランの勘というやつを確かめたいだけなのだろう。もしかすると、非番中に湧いた好奇心に沿う、体に沁みついた習性としての行動なのかもしれない。いずれにしても、怖れるには値しない。いくらおれを追い回したところで、同行を迫るだけの材料は何も出てこないし、巧みな職務質問によって突破口を開こうとしても、所持している物が現金のみでは為す術がない。泥棒の七つ道具を大切に持ち歩くような間抜けであったならば、とっくのむかしに連中の手に落ちていたことだろう。いつだっておれは、あらゆる可能性に備える自身の注意深さに多大なる敬意を払ってきたのだ。

そいつはおれを追ってどこまでも付いてくる。定年退職を間近に控えて、もうひと花咲かせようという魂胆なのか、あるいは、ハンターに共通する、追撃のときめきに衝き動かされているのか、獲物として目を付けたおれのことをいつまでも諦めない。この機会を逃したら一生悔やむことになると言わんばかりの気迫を滲ませながら、付かず離れずの距離を保って追ってくる。そしてとうとう、その執拗さがおれの神経に障《さわ》り、激発につながりかねない反発心を生じさせ、このままおとなしく列車に乗って相手を失望させたのでは芸がないと思い、少しばかりからかってやってもいいのではという誘惑に抗しきれなくなる。この際、節度や自制心などはくそくらえだ。だからといって、何も乾坤一擲《けんこんいってき》の大勝負に出ようというのではない。ちょっとした鬼ごっこに興じてやろうという寸法だ。しかも、勝敗の行方は目に見えている。少なくとも尾行者に気づいているという点においては、こっちのほうがはるかに有利な立場にあると言える。どうせおれの人相やら背格好やらはしっかりと記憶されてしまっているはずだから、今さら接触の時間を短くしたところで無意味だ。

おれは、尾行に気づいていることを気づかれないようにするための細心の注意を払いつつ、余裕をもって思いつくままの移動をくり返し、徐々に相手の期待に背かぬ怪しい素振りを高めてゆく。宝石店の前で防犯カメラの位置を確かめ、質屋の様子をそっと窺い、大型量販店で高価で小さな品物ばかりを眺め、同じ金券ショップの前を三度も通ってみせる。しかし、やり過ぎは禁物だ。こっちの意図を見抜かれ、互いに牽制し合うまでになってしまったその時点で、刺激的な遊びは終了してしまうだろう。

彼を見くびってはいけない。分厚い唇の、痩せぎすの男の瞳は、ときおり怪しく光り、油断のない者としてのおれの背中を射る。そのつど、おれ自身も奴と同じ世界に根を下ろしていることを痛感させられる。詰まるところ、おれたちは同種同根の、屈折の結び目をほどこうともしない、偏執的な人種というわけだ。ひょっとすると、これほどの他人がひしめき合う雑踏のなかで、本当に生きていると言える人間はおれたちふたりだけなのかもしれない。だが、さしもの生者も、やがてへばってくる。おれのほうはまだまだ大丈夫でも、先方は疲れを隠せず、こっちの歩調についてくることがやっとのありさまだ。労働力としての価値が失せつつある年代では、いくら慣れているとはいえ、この猛暑が身に応えるのだろう。とはいえ、これしきのことで諦められてしまったら面白みがない。というか、たかがその程度の奴に目を付けられ、誇りを傷つけられたという悔しさが我慢ならないのだ。

仕方がない、ひとまず鬼ごっこを中断して、相手に休憩を取らせてやろう。正直、おれも喉がからからだ。駅ビルの地階の一角で目についた、野菜ジュース専門の立ち飲み屋に寄る。尾行者は一旦そこを通り過ぎたあと、しばらくして引き返してくる。そして、うまい具合におれのことを監視できる位置に設置された自動販売機に立ち寄り、水分の補給に努める。狭い店内を広く見せるための大きな鏡にくっきりと映し出されたそいつの姿は、孤独の限りだ。心貧しく、人生を楽しむ能力が乏しく、他人を疑いの目でしか見られない状態からおのれを救い出せぬまま、鉄石のような決意を抱いて、さもなくば、人間狩りの味をしめて、現行逮捕に執念を燃やしつづける初老は、おそらく法の番人という言葉を額面通りに受けとめ、おのれの心情を正義の色に染めあげていることだろう。それがいかに虚しい人生であるかを、身をもって知るようになるのは、法によって与えられていた権限を残らず剝ぎ取られる退職後のことだろう。

しかし、彼は彼でまたおれのことを数層倍憐れんでいるに違いない。若い身空でもって、正しく定義されて久しい社会の枠からはみ出し、自身のなかで豊かにできるものをひとつも持たず、幾度も刑務所を出入りしながら歳を重ね、沈黙と挫折の日々に疲れ果て、刑務所の病院で末期を迎えるという一生からは得るものがないどころか、生きた意味もないというあんまりな答えしか出ないと、そう決めつけているのだろう。

ならば、そうではないことを知らしめてやらなければならない。びくびく、おどおどした昼と夜をくぐり抜けているばかりの、救いがたいほどいかがわしい性根を持ったゴミクズ野郎という先入観を木っ端微塵に打ち砕いてやり、さらには、長年にわたってこつこつと築き上げてきた職業的矜持とやらにたっぷり泥を塗ってやる必要がある。おれはすでにすっかりその気になっており、早くも仕掛ける罠について思いを馳せている。二杯目のミックスジュースに口をつけようとしたとき、トマトの赤が起爆剤となって、まさに打ってつけのひらめきを差し招き、会計を済ませる際に、頼んでみる。すると、感じのいい女店員は満面の笑みを束の間消し、怪訝な顔をしておれの頼みを再確認する。だが、理解すると快く応じてくれ、レジのかたわらに置いてあったセロテープを切り取り、釣り銭といっしょに渡してくれる。それをベルトの端に貼り付けたおれは、すかさず素早い行動に転じ、店を出るや、ほとんど小走りに近い早足で突き進み、出くわす角という角を全部曲がり、階段という階段を上下し、人ゴミに紛れ、とうとう尾行をまいてしまう。

それから、もうすぐ出発する列車の切符を購入し、子ども用品売り場で目にし、トマトの赤がヒントを与えてくれた物をひとつ買い、それをおとなの男のおれが堂々と手に持ち、奴がまだうろついているに違いない方へと取って返す。そして、めざす相手を発見すると、わざと前方を横切り、真っ赤な品をしっかりと目に焼き付けてやり、その直後に、あらかじめ頭に叩きこんでおいた迷路のように複雑で狭苦しい通路の方へと誘導し、そこで距離を一挙に離し、相手がおれを見失ったところでうずたかく積み上げられた段ボール箱の後ろに身を隠す。息を殺して絶好の機会を窺う充実感に、おれは驚きの目を見張る。裏目に出てしまった場合にはかなりの危険を伴う無駄な行為が、それほどまでに興奮させてくれるとは夢にも思わなかった。本業とは別の才能が開花したような心地だ。茶の間の人気を総ざらいしているテレビタレントの登場が、いっそうおれの企みをやり易くしてくれる。黄色い歓声と、それに伴う人の流れの急激な変化を利用して、おれはやるべきことをさっと瞬時に済ませる。

列車の扉が閉まる直前、見るも無残なことになって、ひとつ向こうのプラットホームを必死になって捜し回る相手におのれの居場所を教えてやろうと、おれは指笛を二度、三度と吹き鳴らす。喧騒を切り裂く甲高い音によって、そいつはすぐにおれに気づき、同時に、いつの間にか背中に張りつけられていた赤い風船にも気づいて腰を抜かさんばかりになる。その滑稽な様子をいい思い出としてしっかり目に焼き付けてから、おれは手を振ってやり、そこへ滑りこんできた電車に乗る振りをしてみせた直後、本命の長距離列車にすっと乗りこむ。走り出した車両の心地よい揺れとささやかな勝利感に酔い痴れながら、おれは座席にゆったりと身を沈め、しばしのあいだ歯を食いしばって激情の噴出を堪えていたが、とうとう我慢できなくなり、周りの乗客の目も気にかけずに、久方ぶりの呵々大笑を発する。腹の底からげらげら笑いながら、一世一代の真昼が訪れたような気分で、車窓の向こう側でぎらぎら輝く太陽と多彩な光景を呈する高層ビル群を振り仰ぎ、包み紙に記されていた箴言もどきの言葉に惹かれて買った弁当を開き、箸をつけながら、その文字を改めて読み直す。

日を直視するなかれ、
さすれば汝の眼は安泰である。

そして、それがおれに当てはまる言葉であるかどうかを考えながら、奴が今晩相当荒れるに違いないことを想って、もう一度高笑いをする。

夕風に説き伏せられて

おざなりで抽象的な思考に振り回されがちな、初秋のしっとりとした夕間暮《ゆうまぐ》れ、鳴りをひそめるには打ってつけの温泉宿に逗留して、はや十日目を迎えるおれは、あたかも金利生活者のごときゆったりした気分で、始まったばかりの紅葉を感慨深げに眺め、精神的価値がいくらか増したかのごとき錯覚を味わいながら、ギリシャ幾何学を連想させる形状の露天風呂に浸かっていた。

暗い予感とも、多種多様な不安ともいっさい無縁な、素晴らしい時間帯が、刻一刻と移ろいゆく色彩の濃淡をくっきりと浮き彫りにし、精神を弱体化させる和合を敬遠し、群れ集うことを嫌悪する普遍的自我を肯定の極限値へと向かわせ、所詮は光の欠如にすぎぬ闇を温かく歓迎する準備を整えた。

するとびっしりと苔に覆われた緑の谷の辺りで、抜き去りがたい郷愁の流露に直結する、あまりにも抒情的な風がだしぬけに発生し、鋭く切り立った崖に沿ってそよそよと上昇してきたかと思うと、おれを魂ごと優しく包みこみ、さらにはちょっとした疑義を生じさせ、心の迷宮へと誘いこんだのだ。

途端に、あれほど旺盛だった生への強い意志が急激に薄れてゆき、気随気儘《きずいきまま》な魂を支えている心棒があっさりと取り除かれ、そして、家郷を棄て去ってからこれまでにおれの元を去ったあれやこれやがくよくよと思い返され、あげくに、母親が、絶えざる孤独を背負って涙に暮れる日々の最中、こうした美しい夕焼けを見ることもなく死んでいったのではないかという妄想が芽生えた。ついで、とうに忘れ去っていたはずの苦い思い出が、非難と告発を相携えながら、なだらかな曲線を描いて押し寄せてくるのを感じ、なんだか暗澹とした気持ちになり、愚にもつかぬ独り言を長いことため息まじりにつぶやいているうちに、恩も義理も知らない、不人情で羞恥心のないおのれが急浮上し、たちまち酒がまずくなった。

つまるところ、思案の末に打ち出された家出によっておれがつかみ取った自由なんぞは、けっして放免されない罪ということになるのかもしれなかった。だから、重たい追憶がそれ以上複雑にならぬうちにさっさと床に就いてしまおうと思ったりし、しかし、まだ夕食の時間にもなっておらず、さりとて、酔いつぶれる自信もなく、判断能力はただもう右往左往するばかりだった。そこでやむなく、まじない師が唱える呪文を彷彿とさせる夕風の音に身を任せて、永遠に浸かっていられそうなぬるい湯を堪能し、本当はそんな気もないくせに、みだらな想像をかき立ててくれそうな月の出を漫然と待った。それでもなお胸はかきむしられ、涸《か》れざる源泉と化した思い出がおれを溺れかけさせたのだ。

自由で拘束されない立場のうちに没し去っていた定住生活や家庭生活の断片がでたらめによみがえり、近所の犬に咬まれた子どものおれに気づいて息せき切って走ってくる母親の姿が夕闇にくっきりと透けて見え、夫の出奔《しゅっぽん》を認めざるを得なくなった彼女が泣きに泣いた夜々《よよ》が鮮明に過ぎる勢いで復活し、それらが相まって、普段ほとんど使ったことのない心のどこかが着火された。生気が常に更新されてゆく、いつものおれならば、その程度の火を消し止めるだけの強靭さを持ち合せていたのだが、奔放な夕風に邪魔立てされて、みるみる燃え広がり、たちまちのうちにひんやりと冷たい炎に囲まれてしまった。

そのあと、今この時をどうやっても過ぎ去りし日から切り離せぬまま、どこまでもおれらしくもない一夜をまんじりともせずに過ごし、あれほど気に入っていた山間《やまあい》の温泉宿なのにまったく憩うことができなくなり、それどころか急に居心地のわるさを覚え、激越な情動に駆られても防御の術がなく、すっかり情の網の目にからめ捕られてしまい、やむなく朝まだきに起き出して身支度を整え、宿の者には急用を口実にして朝食を断り、夜明けの闇をついて出立《しゅったつ》した。

衝動的行為が判断力を鈍らせると承知の上で、タクシーやバスや列車を乗り継いで休みなく移動をつづけていると、すでに消し去っていたはずの郷里の思い出が生々しい勢いで胸に迫り、裸一貫で放浪の旅に出たあの日のことが、無節操で軽薄な、しかし、「風人間」としての大事な一歩を踏み出したあの夜のことが、ほんの数週間前の出来事に思われてくるのだった。そして、なぜか、そこが行くべき最後の場所のように確信され、心の帰趨《きすう》するところを運命から告げられたような気持ちになり、最重要課題にまで昇華したのだ。もちろん、それなりのためらいはあり、その証拠に、もうひとりのおれのこんな声がしきりだった。

今さらどうしておめおめと帰郷することができよう。そうするための適当な時期はとうに逃してしまったはずではないか。

本音を言えば、移動中にその気が失せ、罪に身を捧げつづけるなかでしかより良い生を見いだせない、元通りのおれに戻ってくれることをひそかに期待していたのだ。あまりにも素朴な世界観と束縛感に埋め尽された、経済的にも文化的にもすでに危殆《きたい》に瀕して久しい田舎町に近づくにつれて、「帰ってどうする?」という自問が募って嫌気がさし、ともあれ、現在の境遇を進捗《しんちょく》させる以外に生きる手がないことを思い知り、さっと踵を返すおのれが予想された。ところが、ただただ懐かしい光景が徐々に迫るにつれて、死ぬほどの無聊《ぶりょう》に苛まれて自意識がぼやけてしまうあの空間にもう一度身を置きたいという欲求の度合いが高まり、まるまる半日を費やした長旅が終わりかけ、懐かしいのひと言ではとても言い表せぬ、なんの変哲もない、ありふれた山と川と田畑と家並みによって構成された、幸いなことに、ここ数百年のあいだ過酷な災いに見舞われたことが一度もない生地に降り立ち、忘れようとして忘れられない地名の標識が目に飛びこんでくるたびに胸をぎゅっと締めつけられると、もはや心変わりの可能性は無に等しくなっていた。

地元住民の目から身を隠す気持ちにならなかったのは、よしんばそれが知人であれ、それが級友であれ、誰ひとりとしておれの正体に気づく者はいないだろうという自信があったからだ。すでに無人駅と化していた構内の洗面所に立ち寄り、鏡を覗きこむと、そこに映し出されたのは、かつての人相からあまりにもかけ離れ過ぎた、当時の面影などどこにも感じられない、まったくの別人でしかなかった。

自分を無力化することに必死で、のべつ顔をしかめ、おのれの心を欺きつづけ、ために、精神の根源があやふやな、代替可能な少年。

今、その姿はなかった。

あの頃のおれときたら、読書と負い目と夢のごとき希望という副次的なものに縛られているしか能がなく、けっしてそれ以上には及ばず、だから、生への渇望が少しも感じられず、好きな言葉はただひとつ、「純粋なものは滅びる」だけで、互いに排除し合うべき善と悪の意識は未分の状態にあり、そんなおのれを超えるための理性も知性もかなり劣っていて、自分の落ち度がどこにあるのかもわからないような、まったく形の定まらぬ愚か者のひとりでしかなく、それはもう嘆かわしい限りだった。

要するに、盲目的な衝動によってもたらされた発作的な家出と、家出に伴う、どこまでも反道徳的な流浪がおれを救い、おれをおれたらしめてくれたのだ。もしもあのまま母親とは互いに干渉しない関係を保って実家に居座りつづけていたならば、本のみを友としていながら知得されるものは皆無であり、時間の問題で野暮ったい環境にそぐわなくなり、心の休止期が長引き過ぎることに耐えられなくなり、単純労働者の立場に我慢ならなくなり、真理を拒む者にならざるを得なくなり、ほどなく無気力に押しつぶされてしまい、数年後にはきっと、自分で自分を罰するという形で先祖の墓の彼方に滅するような羽目になっていたに違いない。家出の真価を改めて痛感せずにはいられず、おかげで、生を確保したおのれを未だに護持できているのだ。

こうした田舎に蔓延している、行き届き過ぎている秩序と、あり余る情緒や近隣の他者との相似点に隠された弱い毒を秘めた棘に刺されつづけて、生命そのものを殺されなくてよかった。つくづくとそう思う。もし在るがままを望んでここに居残っていたならば、身に降りかかる、どうでもいい諸々の出来事によって、おれの明日は無慈悲にも打ち砕かれていたことだろう。

きのう、湯治場《とうじば》に吹いていたものと寸分たがわぬ夕風が、過ぎ去りし日々を如実に思い浮かべるおれを迎えてくれた。追憶の痕跡と照らし合わせながら、いざ実家をめざして歩き始めると、どんな極悪人であろうとも美しいまま果てられそうな、精根尽くした暖かい光を放つ、見事な盈月《えいげつ》がぽっかりと昇った。

小ぢんまりとまとまった町並みを、野良犬に似た卑屈な足どりで抜けて行くとき、古い店を飾る時代遅れの看板やら、側溝をちょろちょろと流れる貧乏臭い水の音やら、ささやかに過ぎる暮らしが悪習のごとく染み付いてしまった各家庭から流れ出す夕餉の匂いやら、生まれると同時に親から植えつけられる我《が》欲《よく》と同様、子どもらにしっかりと受け継がれている方言やらが、いちいち胸を打ち、移ろい易い感覚がいつものおれを感無量の檻に閉じこめ、爾《じ》余《よ》の世界がはるか向こうへと遠のいてゆくのだった。そして、何はともあれ安定を信条とする態度を保って定住社会に暮らす地元の全員が、晴れやかな心で至福の生活を送っているように錯覚され、すると、自分はかれらの人生のための前座を務めるしかない、あるいは、幕間劇を演じるしかない道化役者にすぎないという、そんな汚辱まみれの認識がどんどん固まってゆくのだった。

併せて、あれほどまでに抜きがたかった自己嫌悪から苦もなく離脱でき、どこの誰がどう眺めても、もはや疑わしい素性の者ではなくなり、足場の完全な欠如という負い目がきれいに消滅していた。また、独り勝ちという屈折した自負も粉砕されていた。それに加えて、流れ者の重荷から完全に解き放たれていた。つまり、郷里に依拠する精神のみが慰めを与えてくれるという、見当違いも甚だしい期待を抱くことによって、おれはおれを取り戻したのだ。

虫の鳴き声に隈なく埋まった農道へ出たとき、おれの足もとを照らしてくれる月が、遠慮がちにこんなことを言った。

「しかし、それでも眺めるだけにとどめておくべきだ」

おれ自身もそのつもりだった。何も愛さず、何も欲しがらない夕風と共に郷里を通過するだけで、それ以上の接触はしないでおこうと決めていた。人里離れたところにある、数千年前の地震によって隆起したと言われている土地へ向かって歩を運んでいるのは、単に帰趨本能の為せる業にほかならず、ひとえにそこに生まれて育った実家があるからで、立ち寄るつもりなど毛頭なかった。ただ確認のみにとどめおき、少し離れたところに束の間佇んだあとは、またぞろ、生存の追求に余念がない、普段通りの泥棒行脚に明け暮れる「風人間」に復帰するつもりだった。そうしなければ過度に高まった情緒による混乱は必定《ひつじょう》だった。とまれ、長居は無用だった。ところが、実家をぐるりと囲んでいる竹林へと近づくや、心の満干《まんかん》が激しくなり、どうやっても胸の高鳴りを抑えきれなくなり、それが想像力をかき立て、ああでもないこうでもないという仮定が脳裏をぐるぐると駆け巡った。

この時間になっても家に灯りが点されていないのではないか。無人の家と化して久しく、廃屋へと向かっているのではないか。母は独り暮らしに耐えられずに、よその土地へ移ったのではないか。さもなければ、ともかく安んじたいとの一心から、まだ先の在る命を自ら死に神の手に委ねて別の世へと旅立ったのではないか。あるいは、寡婦に言い寄り、他人の家にころがりこむ才に長けた、ごろつき同然の風来坊に、手もなくまるめこまれて同居を余儀なくされ、依然として心の充足を得られぬまま、前より数倍も悲惨な夫婦生活を送っているのではないか。

ざわざわという竹林の葉擦れの音に囲まれたとき、そこから先へは絶対に進めないだろうと信じていた思いがみるみる崩れ去り、家出息子には出入りが許されない境域という戒めがたちまち解かれ、理知の働きがぐっと鈍り、立ち向かわざるを得ない心境に変わり、吸いこまれるようにして玄関へと通じる小道を進み、郷愁のすべてを包摂《ほうせつ》している自身のなかに抗いがたいものを感じ、感情は不透明になり．ほろ苦い快楽につらぬかれた。ほどなく居間の灯りが見え、玄関灯の電球色の光が目に入るや、おれの本性の底に横たわる何かがぐらりと傾き、同時に、母がわが子のために飼ってくれた犬の小屋が軒下で朽ちていることに気づき、また、玄関の表札に依然としておれの名が掲げられていることを知ったとき、胸にどっと熱いものがこみ上げてきたかと思うと、すでにして自主独立の気概を敵に回していた。

助力も忠告もない状態を前提条件に生き、悪に束縛された毒虫に徹しようとおのれを駆り立ててきた、比較を絶する力が、卒然としておれから抜け落ちてゆき、どこまでも自分本位な尺度がみるみる希薄になり、肝要なことはただひとつ、実家の現状の把握と相なった。いくら泥棒とはいえ、よもや実家に忍びこむ羽目になるなんて……。いや、忍び入ろうとしたわけではない。灯りが点っている窓辺に迫り、居間を覗き見ようとしただけだ。だが、残念ながらというかなんというか、当時のままの黄ばんだカーテンが窓を覆っていて、内部の様子を窺い知ることはできなかった。

見えないほうがむしろ幸せかもしれなかった。テレビから発せられる音声と色とりどりの光のなかに、食うや食わずの日々とはいっさい無縁な、生存可能な環境が保たれていることが容易に推察され、ひとまず安堵し、放念の半分が復帰しかけたところで、今度は、ひと目見ておきたい、安否のほどを肉眼でしっかり確認したいという欲求が頭をもたげ、そうせずにはいられなくなってしまった。自力で身に付けた高度な技術をもってすれば、たとえ鍵が掛けられていたとしても、こんなちゃちな窓など苦もなく開けられるはずだった。ところが、おれが言うのもなんだが、不用心にも鍵は掛けられておらず、唾をたっぷり塗り付けた指をすっと差し入れただけで窓が音もなく開き、さらにうまい具合に、そっと吹きこんだ夕風がカーテンをほんの少しだけのけてくれたのだ。

おれの目はいきなり母を捉えた。独りだった。ほかの者の気配がないことによって安堵はさらに深まった。母は背中をこっちに、顔をテレビに向け、ちゃぶ台を前にした座椅子に座り、あながち粗末とは言えない夕食を取っていた。体型は変わらずで、風呂上がりなのか、髪はつやつや光っており、白髪の数も想像以下で、身だしなみにしても身ごなしにしても、同世代の主婦に照らして見劣りするところはほとんどなく、それは多忙な生活を営んでいる証拠に違いなく、どうしようもない貧困におちいっているとはとても思えず、少なくとも外見からは孤独地獄につながる危険要素は毛ほども見当たらず、室内はきちんと整頓され、見る者を拒絶する雰囲気はどこにも感じられなかった。要するに母は、救済の希望はまだはるか遠くに在るとはいえ、夫なし、息子なしの独り暮らしによく馴染み、家族に見捨てられたという言葉の綾に泥《なず》むことなく、むしろ、血縁から切り離された暮らしを満喫しているように見受けられてならなかった。

そうした心境にいつどうやって達したのか知らないが、また、それがいつまで保たれるのかわからないが、今、この時点において母は、低いところで安定した、何も欲しがらず、何も求めないというたぐいの、在るがままの幸福に満足している様子だった。少なくとも生きていることに嫌気がさしている者には見えなかった。敢えて付言すれば、夫からも子どもからも一方的に関係を清算されたことによる独り身であったればこそ可能な落ち着いた暮らしだった。ひっきょう、母はおれのように自由に生きていたのだ。それとも、おれの生き方が母の写しであるのかもしれなかった。信憑性はともかく、直観的な認識としてはそうだった。しかし、両者共々そっくり同じ自由を手にしたということではなかった。母はおれのように汚点を背負っておらず、ひとたび逮捕されたなら郷里の面汚しになるという立場にもなかった。

それにしても、なんだかはぐらかされたような、妙な気分だった。乗り越えがたい困難をやり過ごしたかのごとき心地になり、全身の力が抜けて気抜けを差し招き、無自覚のうちに窓辺の真下にくずおれ、しばらくのあいだ身動きならず、ひょっとするとその場で安らかに死んでゆけるような心地になった。半闇の底にうずくまったまま動けないおれは、自分のなかに純粋な無を感じ、そして、罪のなかに身を置いている限りは世間から孤立した影に等しい姿しか認められないとするおのれから逃れられず、無限に細分化できる心のありように振り回されるばかりだと悟り、渾然たる魂へと一新することなど夢のまた夢であることをよくよく思い知らされたのだ。

テレビ番組の進行に合わせた笑声が聞こえてきたとき、過酷な現実と陽気に接している母の内的生活が知れ、鼻歌を唄いながら寝床をしつらえている音が漏れてきたときには、彼女はもう客体化して眺めることが可能な他人になっていた。つまるところ、おれたちのあいだにはもはや一抹の翳りも存在しないということだった。ついでおれは、いつにない魂の蕩揺《とうよう》から本物の自由へと向かう過渡《かと》を実感し、鉄石《てっせき》のような決意を抱かずともめざすところへ行き着けることが確信され、すると、厳しい良心の声がぐっと弱まり、胸のうちにまどろんでいた負い目が急速にしぼんでゆき、ふたたび五体に波及的効果の生気がよみがえり、すっと起き上ることができた。

玄関の方へ戻ったところで、手持ちの現金を半分に分け、その一方を表札の隙間に挟み、竹林に囲まれた敷地の外へと出て行ったものの、夜風に変わりつつある夕風にまたしても説き伏せられ、急いで引き返すと札束を表札の下から抜き取り、それをポケットにしまいこんだ瞬間に、自分のしたことが大きな誤りであったことを思い知り、要するにこんな性質の金を母に渡すべきではないと悟った。

　そしておれは、ここへは二度と戻るまいという爽やかな決意に駆られ、自身のなかにかつてないほど新鮮なものを感じ、なぜかは知らぬが、無性に空っぽの犬小屋に頭をつっこみたくなり、そうした途端に忘れていたはずの愛犬の名が口を突いて出てしまい、二度、三度ともうこの世に存在しない者を呼んでから実家をあとにし、星や神でさえもその結末を知らぬ人生の続編へと踏み出して行った。

川風に流されて

晩秋の真っ赤な夕焼けを良き道連れとしてあてどない旅をつづけ、辺り一面見事な草紅葉《くさもみじ》に覆われた野道をのんびり歩いていると、その日その日の気分に従って諸所を遍歴することの醍醐味が一段と増し、いつの間にか色とりどりの落ち葉で埋め尽された雑木林に囲まれたときには、思わざる恩恵をこうむったかのごとき豊かな心地になるのだった。そして、いきなり視界が開けて広い河に行く手を阻まれた際には、あたかも別天地へ辿り着いた気分になり、何もかもが偶然にゆだねられたこの世界には尻ごみに値するものなど皆無であるという、そんな答えが出され、斜光《しゃこう》を受けてきらきらと輝く水面があらゆる憧憬の象徴と化した。

哀愁に満ちた、深まる夕景を前にして、おれは一種切ない美的感情に心のすべてを預け、忘却の力のなすがままに身を任せ、いささかの疑念もなく、万事を黙って受け容れたのだ。純粋過ぎて有害だと思わせる現象はどこにも見当らず、膨大な量の清水といっしょに抽象的な紋様を描きながら洋々と流れる時間は、驚きの連続である人生や、運命に愚弄されつづける生涯や、お粗末な仮面を死んでも外せない一生を易々と蹂躙し、生の奥義《おうぎ》などという気の利いたものはどこにも在りはしないことを改めて証明していた。

眼前にあふれているのは、大小の命と不即不離の関係にある、尋常ではない感化力と影響力で、あるいは、願わくはより幸福ならんことを祈ると、そう聞こえなくもない川風のささやきだった。ところが、よしんばこのおれが最高の知性と普遍的な人道主義を具えた聡明な者であったとしても、天の意図を推し量ることはまずもって不可能で、それどころか、荒唐無稽な現実を理会するだけでも精いっぱいで、今現在を呼吸する能力を存分に発揮することさえままならぬありさまだった。と、そのとき、いきなり内面の変化に気づかされ、不思議なため息が漏れた。まだ見ぬ、敬慕の情を表すに値する超越者がものした法典のなかへ霊肉《れいにく》共に紛れ込んでしまったかのような、そんな神々しい四囲《しい》の状況が如実に感じられたかと思うと、自身から放射された生気がまっしぐらに彼岸へと向かい、そこで跳ね返されてふたたび此岸《しがん》へと戻り、乱雑に打ちこまれた杭の上に板きれを並べただけの粗末な造りの桟橋と、その突端に繫留《けいりゅう》されている、これまたあまり上等とは言えない、知る限り最も小型の屋形船に集中した。

それだけならば、さして驚くにはあたらず、人里離れた辺境には在りがちな光景でしかなく、ために、すぐにまた川筋に沿って歩を進め、どこでもいいどこかへ向かって歩き始めたに違いなく、ところが、屋形船の軒にずらりと吊るされた提灯がいっせいに暖かくてやる瀬ない色の光を放ち、舳先《へさき》と艫《ろ》のあいだをせわしく行き来して甲斐甲斐しく立ち働いている、独自の魅力に輝く娘の姿がくっきりと照らし出された瞬間、おれのなかで長いこと眠っていた、というか、歯牙にもかけなかった、忘れられし情念が突如として目覚めたのだ。気を逸らせることなどまったくもって不可能な耽溺《たんでき》が、瞬時にしておれをその渦のなかへと引き入れ、不足を来《きた》していたものが一挙に満杯となり、喜ばしいときめきによって骨抜きにされてしまった。

台風の最中に雲の切れ間が現れたかのような、いや、違う、溺死寸前に救命用の浮き輪をつかんだかのような、いや、それも違う、とりあえず、出会うべき相手にとうとう出会えたかのような、ただならぬ感激とでも言っておこう。ともあれ、刹那にして、半被《はっぴ》姿で、襟足をすっきり見せるために髪をきりりとまとめ上げるといういなせな恰好のその娘の虜となったおれは、客を迎える準備に忙殺されている彼女を、自分とは相対的な存在どころか、あり得べからざる理想の異性と位置づけ、さながら、茫々たる廃園の片隅に咲き残った一輪の美花《びか》と受けとめたのだ。途端に、魂が浮遊を始め、おのれを守る活路に従うばかりという堅苦しい価値観の崩壊と共に、恋慕の発火と炎上をしかと感じ、他の感情はすべて締め出されるか、さもなければ、空無化されてしまった。

よもやそんな出会いに恵まれるとは……。
……生きてはみるものだ。

これまで長きにわたって罪深さを是認しつづけてきた、心の足をさらいかねぬ内的自我が、おれの視界からみるみる遠のき始めたかと思うと、強烈な情念に囃し立てられ、生が改めて醒め、新たなる人生の端緒《たんしょ》が見つかったような、賽《さい》は振られたというような、そんな気がしてならず、この際、これまで毛嫌いしてきた男と女に関する世間一般の物差しを用いてもかまわないのではないかという思いに押し流され、あれほどまでに堅固だった優先順位が大きく乱れ、ひたすらきょうを生き、あすを生き延びることが無価値なものとなり、病みつきになっていた泥棒稼業に伴う緊張感がいっぺんに空疎な内容に思え、やがて、孤立的な自由なんぞに何ほどの意味があろうという声なき声が聞こえてきた。するると、横眼づかいの視線でもって他人を批判的に眺める抜きがたい習性がすっと消え去り、稚さと自立心とが共存する、そうやって眺めているだけでも嬉しさがひとりでにこみ上げてくる、潑剌たる娘が有する生命を超えた生命の火花を、五体の隅々にまで感知することができ、異性への憧れに胸を焦がすための心の総入れ替えが始まったのだ。

けれども、その一方においては、おれとしたことが、これまで維持してきた、誤ったものの見方を忌み嫌う自分をまるごと投げ出してしまうなどという事態が本当にあり得ようかと疑っており、つまり、恋愛感情という世俗的に過ぎる誘惑をそうまであっさり認めてしまうおのれがどうしても信じられず、さらに先走って、成就《じょうじゅ》の可能性を頭から否定してかかり、疲労感から生まれた束の間の戯れの境地にはかならないことを確認せずにはいられなくなった。だからおれは、相手から片時も目を離さず、情動の欲するところに従って、ススキの穂が銀色に輝く堤《つつみ》の急斜面を我ながらびっくりするほど敏速な身のこなしで下って行った。しかし、船上でせっせと働きつづける娘は、いささか過剰とも思えるおれの期待を少しも裏切らず、それどころか、隔たりが縮まるにつれて感激を深めることになり、しまいには、結果としてこの出会いを迎えるための長き放浪ではなかったかと本気で思えるようになり、もしそうだとすれば、おれの閉鎖的営為の終極に訪れる運命の展開には、至高にして至福の答えが用意されていたことになる。

すぐそばまで近寄ってじっくり眺めたところ、やはりおれの目に狂いはなく、意に染まないものなどかけらも見当たらず、彼女自身と彼女が放つ雰囲気の何もかもが心に適ったものであり、ということは、どんなに言葉を尽くして意味付けをしてみたところで始まらないほどの存在であり、あとはもう、非礼を承知の上で、あんぐりと大口を開けていつまでも見とれているばかりだった。そんなおれはいつになく真面目な気分で、しかし外見のほうはきっと道化じみていたに違いない。肝心の相手はというと、忙しいせいもあって、忽然と現れたよそ者には特に注意を払わず、ときおり、船尾でエンジンの調整に余念がない年寄りとくだけた物言いで声を交わし合い、まもなくやって来るであろう客のクルマが見えはしないかと、土手の道の方へひっきりなしに目をやり、その合間に、慣れた手つきで十人分の配膳をやってのけ、カラオケの調子を確認するために音声テストをし、ビールを冷やすための氷を追加した。どうやら、ほかに手伝ってくれる者はおらず、気遣い抜きの言葉のやり取りからして、ふたりが祖父と孫の関係にあるのではないかと思われ、実際に娘は老人のことを「爺ちゃん」と呼んでいた。

彼女を取り巻く環境の全体どころか、その一部分ですら知りもしないくせに、たとえば両親はどうしたのかということもわからないのに、また、たっぷり時間をかけてあらゆる角度から考察の照明を当てようともせずに、そしてまた、彼女の本質に沈潜するものを探ろうともしないで、見つめるほどにため息の数が無際限に増えてゆく相手に、平素まったく使われていない種類の情緒をまる投げしてしまっていた。果たしてそれを受け取ってもらえるかどうかなどという懸念はいっさいなく、彼女がそこにいるだけであらゆる緊縛《きんばく》から解き放たれたような気分になり、けっしてないとは言えぬ、劣等な愛の力という負い目が緩和され、そのことが至上の喜悦となり、これは断じて偶発的な出会いではないと確信され、事ほどさような大きな錯誤におちいって、始末に負えぬ存在へと転落してゆく自分がどこまでも愛おしく、あげくに、予約客でなければ乗せてもらえないことを承知の上で、ただ言葉を交わしたい一心から尋ねてみようと思い立ち、彼女が舳先の方へ出てくる機会を窺っていた。しかし、彼女がそこに現れたときには携帯電話を使用しており、従って、すぐにおれの出番というわけにはゆかず、話が終わるまで待たなければならなかった。

聞くともなしに聞いていると、娘が喋っている相手は、口気《こうき》から察するに予約した客に違いなく、それも今宵の宴の幹事らしく、ところが、話の途中でつぶらな瞳に落ち着きがなくなり、卵型のきれいな顔がみるみる輝きを失ってゆき、彼女の動転と仰天の反応からして、仕事のせいで到着が遅れるという程度の連絡ではないことが容易に推察された。さらに耳を傾けていると、どうやらここへ来る途中で交通事故に巻きこまれたらしく、それも死ぬかもしれないほどの怪我人が出た模様で、直前のキャンセルを呑まざるを得ない状況を悟るまでにものの数十秒とかからなかった。

電話を切ると、娘は甲走った声で不審顔の祖父に緊急事態を伝え、それからふたりはがっくりと肩を落とし、抑揚のない口調で落胆の言葉を交わし合い、ぶつくさつぶやいているうちに急に弱気になり、久方ぶりに入った仕事がふいになってしまったことで、また当分のあいだ貧寒《ひんかん》な生活を送らなければならないという意味の言葉を吐き散らし、挫折とも絶望ともつかぬ眼差しを血の色をした月に注いだ。手摺りに上体を預けた孫娘はひどくくぐもった声で、「ああ、せっかく……ああ、せっかく……」をさかんに連発し、祖父はエンジンを切って黙りこみ、生きる望みをすべて剝奪されたかのように落ちこんだ両者は、いかなる深刻な事実にも密着しない、さらりとした川風に吹かれることで、その場凌《しの》ぎの気休めを得ようとしていた。

困り果てたのはおれにしても同じことで、どうしていいのかさっぱりわからず、さりとて、赤の他人の上に降りかかった災難として片づけ、気にもとめずに立ち去るというわけにもゆかなかった。すでにしておれはついさっきまでのおれではなく、少なくとも彼女の不幸に対してなんの痛痒《つうよう》も感じない者ではなく、ために、屋形船から心を離すことなどまったく考えられなかった。思いも寄らぬ衝撃に耐えようと、どこか遠くをじっと見つめる彼女の視線を追わずにはいられなくなり、そうこうしているうちに、頭のなかでぐるぐる回転する良心に誠実な思考が次第に固まる方向へと突き進み、今夜の自分ならば援助の手を差し伸べられるかもしれないことに気づいた。

このところ運に恵まれて稼ぎが順調だったせいで、窮余《きゅうよ》の策とも言える一計に必要な資金くらいはふところに入っているはずだった。一ヶ月後、二ヶ月後の食いぶちのことを考えれば充分とは言えないまでも、日干しになったらなったでまたどうにかすればいいという楽観に傾き、もしくは、所詮は卑賤な報酬なのだから、全財産を蕩尽《とうじん》するような大げさな覚悟も、よくよく考えた上での決断も、いっさい無用であると自分に言い聞かせ、思いつくと同時に実行に移そうと決め、ひょっとすると人の弱みに付け入るための恥ずべき行為と大差ないのではないかというたぐいの一瞬の躊躇のあと、すぐさま現実に合致した素晴らしいひらめきと受けとめ直し、どうやっても気恥しさを拭いきれぬその意思を、できるだけ偽善的な口吻《こうふん》はやめにし、手順を省略して、どこまでも事務的に伝えた。すると、思いに沈み、愁嘆《しゅうたん》のため息を漏らしていた娘は、初めておれに注目してくれ、だが、案の定、突然降って湧いた、にわかには信じがたい申し出にきょとんとし、そして大いに戸惑い、というか、何を言われたのかも半分も把握しておらず、そこでおれは、同じ内容をより鮮明な口調でもう一度くり返した。

一言でも聞き漏らすまいと耳を傾けていた彼女は、今度は一気に怪訝な眼差しを投げつけてきて不審を募らせ、まずは、見ず知らずの、それも経済的余裕とは無縁そうな若者から冗談や虚言を浴びせられたと思いこみ、ついで、何か良からぬことを企む人種や精神障害者の仲間と勘違いして意図を疑ってかかり、さんざんいぶかしんだ後に、一見《いちげん》の客は乗せたことがないのでと、そう、ぞんざいな口調で突っぱねた。けれども、そのもっとも至極の邪険な態度がまたおれにはたまらず、却ってますます力を貸したくなり、すぐさま疑いを晴らして真意を理解してもらうための最も効果的な方法を思いつき、財布を取り出して中身を見せてやり、これで足りるのかと訊き、全額を前払いすると約束し、今すぐそうしてもいいと言った。その申し出は、疑念を払いのけ、やる気を喚起する言葉となって娘を襲い、さらには祖父の表情もぐっと和らげた。

今度は相手が語る番だった。珍獣でも見るような目でおれを観察する娘は、まだ真に受けていいものかどうか迷いながら、こう言って念を押してきた。五名以上の団体客しか扱ったことがなく、一名分の料金では採算が取れないのだ、と。すかさずおれは今夜の客が支払う予定だった料金を訊き出し、屋台船に乗りこむや十枚の紙幣を娘に手渡し、本音としてはそれ以上粋なところを見せるつもりなどさらさらなくても、しかし、どぎまぎさせるものでいっぱいの彼女に面と向かい合う状態では、どうしても気持ちが抑えきれなくなり、成り金趣味まる出しの、傲慢にして恥じない手口でご機嫌を取り結びたくなり、ついついあと数枚を上乗せしてしまった。とはいえ、それでも覚悟していた金額の三分の一にも満たず、散財であることに違いはなくても、おれのふところは依然として暖かく、まだ当分のあいだ食いぶちのことであくせくしなくてもよさそうだった。

だからといって、娘が用心をそっくり棄てたわけではなく、見ず知らずの、影のように存在感の希薄な、風采の上がらない若い男が、求められたわけでもないのにその場の勢いだけで多額の費用を気前よくぽんと払い、たった独りで年寄り臭い川遊びに興じるという推測も及ばぬ心境を素直に受け容れるまでには至らず、けれども、現実の問題として彼女の商売はかなり逼迫《ひっぱく》している様子で、客の品定めをしている余裕などあろうはずもなく、現に、過分な料金を受け取ってしまっており、領収書を断る上客を前にして迷いを深めている場合ではなく、幸運の兆しが慈雨《じう》のように降り注いでいると思わざるを得ず、納得のゆかない細部については目をつぶることにしたのだろう。

ちょうどそのとき祖父がおれに向かって発した、「まだお若いのに風流好みで」と、「それも独りで楽しむとはなんて豪勢な遊びでしょう」という世辞の言葉に背中を押されて彼女は腹を固めたらしく、客の遇し方をよく弁えている表情と物腰を取り戻し、愛嬌たっぷりな笑顔でおれを案内し、上座に据え、用意した十人前の料理と酒を独り占めして大いに楽しんでもらいたいと言い、祖父に向かって威勢のいい掛け声を浴びせた。「はい、出していいよ、爺ちゃん！」と言われた船頭はおそろしく長い竿を使って桟橋をぐいとひと突きし、するとどこか野暮ったい雰囲気の屋形船は洗練を加えた動きでもってゆるゆると岸を離れ、きらきらと水面に踊る青白い月光や、いかなる担保も要求しない川風と共に静かな流れに乗って河を下り始めた。

ただそれだけのことなのに、おれを取り巻く環境はがらりと一変し、その瞬間その瞬間を優雅に遊ぶ者となり、文字通りの浮動的な立場が性根に心地よく同調し、視野が一気に拡大されたかのような爽快な気分になり、自己自身の聖化につながりそうな夜はますます重厚さを増し、強化プラスチックの屋根を透して秋月《しゅうげつ》を愛でる気持ちが一段と強まり、心がやんやの喝采を送るのだった。

注がれるままに、おれは悠然と酒を飲み、膳の物に箸をつけ、山野の面《おもて》に過ぎ行く秋の風情を楽しみ、船べりを叩く波の小気味のいい断続音に聞き惚れ、いい加減に間に合わせてきたさまざまなことから心が解き放されてゆくのを実感し、未遂に終わった仕事の苦々しさから離脱し、ほどなく、これまで経験のない夢想と熱狂とが感受され、それが他の感情を制圧し、陶酔の無限の流出に転じさせた。

風変わりな飛びこみの客に対しても敬意を欠くことのない娘は、そうやって間近で接してもおれを失望させることがなかった。むしろ、彼女へのただならぬ思いは増すばかりで、まだ知り合いの段階にも入っていないというのに、愛の言葉を捧げ合ってから数年来の交際を経たかのような、首尾一貫した打ち解け方を錯覚させてくれるのだった。若い身空《みそら》で少なからぬ苦労を味わい、暗鬱な厳しい日々をくぐり抜けてきたに違いない彼女がおれにそっと投げる眼差しには、束の間の幸福を消滅させる暗いものなどかけらもなく、接客用とはとても思えぬ自然な笑みには、野辺にゆれ動く花のようにくさくさした気持ちを和らげる絶大な効果があり、話し方にしても失望に終わる気配は微塵も感じられず、ただその声を聞いているだけで低劣な存在から離れられ、これまで重ねてきた罪が中和し、悪徳とすっぱり縁を切ることができ、おのれ自身との抗争が止みそうに思えてくるのだった。

もしも化粧品を塗りたくって作った顔であったなら、幻想からの脱却は時間の問題であったことだろう。しかし、どこからどう見ても彼女はすっぴんで、生まれ立ての赤子でさえその体内に宿替えできそうなほどのきめの細かい肌を具えていた。そんな異性に酌をされて酒を飲むだけで、ある種の罪悪感に苛まれてしまい、各瞬間に、汚れ切って、疲れ切った自分を感じずにはいられなくなり、そうやって離れがたく付きまとう快楽と苦痛に弄ばれているうちに、いつしか知らず、両岸から山がどんどん迫ってきて、鋭く切り立った、雄渾な形の絶壁に挟まれ、屋形船は幽寂の渓谷を通過していた。はるか頭上では幾千とも知れぬ一等星の輝きが、相互に依存し合い、因果的に閉じている宇宙が、遠方の相手にすぎない存在ではなくなっていった。

物思う花としての娘の話は、奇岩や岩窟の呼び名の謂《い》われや、ときおり鳴り響く声が牡鹿《おじか》のものであるのか、はたまた野猿《やえん》のものであるのかという説明や、秩序ある現世を構成する代表的な星座の意味といったものに終始し、たった一人の客だからといって、互いの身の上話に触れてくるようなことはけっしてなかった。

だが、おれとしては彼女に隠し立てすることは何もなく、すでに心をぶちまける覚悟が固まっており、訊かれたならば包み隠さず答えるつもりで、信じてもらえるかどうかは別にして、自分が泥棒であることさえも喋ってしまいそうなほど警戒心を失っていた。それほど酒を飲み、それほど酔ったことは初めてだったので、自制心が弛み、抑制力が半減していたのだろう。いいことだと思い、事と次第によっては、真の自己実現を錯覚できるかもしれないと考えた。ほどなく思念のあれこれが整理され、現在と常に結びついている命のことなどどうでもよくなってしまい、それでもなお、精神のはるかなる深層に横たわる何かによってさまざまな思いに耽るようになり、ありとあらゆるどうでもいい追憶が押し合いへし合いし、一片の同情もなしに迎える干からびた運命に呑みこまれたような気持ちになり、眠気払いにいっしょに歌でも歌いましょうかという娘の声や、寝そべってもいいかと彼女に尋ねる自分の声を聞きながら、睡魔の奇襲を受け、夜と完全に同化した意識はそれきりとなった。

不思議なことに、眠りこけているあいだもかすかに意識は残っていて、ぷかぷか浮かんだ屋形船のなかに憩い、その気の利いた遊びを深い経験として思う存分充足しているおれがぼんやりと自覚され、それは熟睡であると同時に覚醒でもあり、理性的な自己認識でないことなどはまったく問題にならず、カラオケ抜きで娘が口ずさむ、若い男女を経めぐる悲恋の歌は、耳もとで子守唄と化した。こんなおれにはべってくれる彼女の優しげな声調の歌声は心のなかで癒着し、おのれの立場を修正したくなり、ついで、夜明けを怖れさせ、それから、愛を拒まれた際の身をかきむしるような苦しみを思い起こさせ、かなり不安定な睡眠状態に投げ出され、自我と非我の境目があいまいになり、ふたりのあいだに軌を一《いつ》にするものが芽生えたかのように思え、意志の欲するところに従うのか、それとも、おのれの立場を弁えて潔く身を引くのかで迷っているうちに、がりがりっというかなりの衝撃が船底を走り、はっと目を覚ました。船頭は落ち着き払った口調で、岩に腹をこすりつけるのはいつものことだから心配には及ばないと言った。確かに屋形船は何事もなく、ふたたびなんとも遅々とした流れに乗って下り始めた。

おれが驚いたのはそんなことではなく、娘に膝枕されているおれ自身で、急いで起き上ろうとしても、降り注ぐ星辰《せいしん》の光と娘の歌声に全身が麻痺してしまったかのように動くに動けず、また、動きたくもなかった。図らずも生涯に華を添える一夜となった事実は疑いようもなく、それどころか、二度目の生誕の夜になりつつあるのではないかと確信され、この先、草のしとねに伏して過ごす夜は二度と訪れないように思え、つまり、放浪と悪がついに終止符を打ったものと認識されたのだ。川風に流されて行き着く先に待ち構えているのは、生の曙光《しょこう》であり、気恥しいほどの幸福であり、社会的孤立とも終わりなき凋落《ちょうらく》ともいっさい無縁な真っ当な生活であり、地道な夢が着実に実を結ぶ、落ち着いた日々であるはずで、また、そうあるべきだった。

そしておれは、ふたたび目を閉じ、娘がささやくようにして歌う、誰もが知っている童謡と、川風の音にもならぬ音に魂をゆだねながら、さらに深い安らぎにあふれた眠りにふたたび落ちていったのだ。

白南風《しらはえ》に溶けて

どこまでも蠱惑《こわく》的な若緑《わかみどり》と、爆発的な生殖力と、永遠の生成にあまねく覆われた森……。

けっして姿を見せぬウグイスのさえずりに包まれた、神秘感情を刺激してやまない、敬神家《けいしんか》好みの形状の山々……。

営々《えいえい》とした核融合作用によって圧倒的な存在感を示しつづけ、無限の様態を維持しながらも、ときおりどっと笑いこけてフレアを高々と噴き上げる太陽……。

特にこれといった理由のない興奮をもたらし、あらゆる動植物に好感をもって迎えられる、初夏への導入部としての梅雨明けの青空……。

常に一触即発の危ない状態にありながらも、飽きもせずに延々と円運動と膨張運動をくり返して秩序と混沌を並存させるという、偉大な卓絶性を具えた大宇宙……。

そして、おのれに飽くことを知らぬ、自由という病を病む、節度を守らぬ輩
「風人間」としての、このおれ……。

光と影が雑然と混じり合いながらも、すっきりと筋が通っている真昼の下、周辺に他人の気配がまったく感じられない、青々としたダム湖を前に、現世を重く見ることに静かに抗議する白南風を背に受け、柔らかい草に占められた堤の上にそっと身を横たえているおれは、根拠とすべきものなど何ひとつないにもかかわらず、成すべき事を成し終えたという、ほとんど達成感に近い充足に浸り、もしくは、考えようによってはより良き状態に落ち着いたのかもしれないという、ある種の安らぎのなかでゆったりとくつろぎ、半ば夢見心地で、盗難車を沈めたばかりの湖面の泡立ちと油のぎらつきにじっと目を注いでいる。

そんなことをして帰りはどうするのかって？
こんな山奥まで来てしまって、あとは徒歩で険しい道を下るのかって？

その心配には及ばない。どうしてかといえば、もうどこへも帰らなくてよくなったのだから。つまり、好きも嫌いもなく、また、意図とも関係なしに、突如としてここが人生における最終目的地となってしまったのだ。

きょうをもって現世におけるおれの問題はすべてきれいに片がつく……ただそれだけのことだ。しかし、なぜか、残念だとは思わない。おれはこの環境にすっかり満足している。肉体的にはともかく、精神的に悲惨をもたらされる可能性はほとんどなく、少なくとも、望みを断たれた、低い世界という認識はない。突如として運命から反感を買い、反発を招き、進退窮《きわ》まってしまったにしては、頓挫というような、没落の途上にあるというような自覚はいっさいなく、勇気を挫かれてもおらず、申し分のない条件に囲まれていると思わずにはいられない。あたかもこの日のためにあらかじめ用意されていたのではと、そう思え、千万無量《せんまんむりょう》の感を覚えるくらいだ。

光はきらきらとまばゆく、風は笑みを絶やさず、水はどこか禅味を帯び、草木も鳥類も昆虫類も無尽蔵な生命力を存分に発揮し、相互に関連し合う万物がこぞって断ち切りがたい物理世界を構築している。不毛なるメランコリー、適者生存の原理に裏付けられた乱闘の場、大工場が放つ真っ黒い煤煙、魂を震撼させる死に神の気配、そんなものは見たくも見られない。

これまでつづいてきた幸運が総崩れとなり、死が嵩にかかって生に譲歩を迫り、この世における営みを棄て去るときがいよいよ訪れた今、それでもおれは、笑止な姿をさらす自分自身を乾いた目で見たり嗤《わら》ったりする気持ちにはとてもなれないのだ。絶対安静を要する身体にはともかく、内面的にはなんらの負担も感じていない。幾度でも言うが、おれの生がもはやこれまでだということは、疑問の余地なき自明の理だ。残っているのは死のみということになってしまった。あと一時間かそこらで命のすべてが消えてなくなろうとしている。予想と覚悟の範疇に存する、さもありなんの最期を迎えようとしている。

それにしても皮肉なものだ。なぜって、身を固めて積極的に生きようとしたことが却って仇《あだ》となり、とうとうこんな羽目になったのだから。長年そうしてきたように自身のためだけを思って生き、泥棒としての自己を律することを忘れなかったら、まだまだ安泰の日々はつづくはずだった。そもそも幸不幸を分かち合える相手を得て人生を一新しようともくろんだこと自体が間違いだった。なめらかなスタートを切るためのまとまった資金を手に入れさえすれば、あの娘と、彼女の祖父を含めた、世間並みの静穏な暮らしが保たれ、人並みに幸福な生活も夢ではないという焦りがいけなかった。今にして思うと、おんぼろの屋形船一艘と三人の協力だけを頼りになんとか生計を立てられたはずで、また、彼女も再三そう言ってくれたのだが、だからといって、先方の善意に甘えてしまうわけにはゆかなかった。そこへ新たにおれが加わることによってほんのわずかでも豊かさが増し、安楽に近づいたという印象を与えずにはいられなかった。要するに、少なからず体面を重んずる男の端くれとしては、体ひとつで他人の家にころがりこむような恥知らずな真似を避けたかったのだ。なんの代価も払わずに成就した幸福など幸福ではない。

そんなこんなが動因となって功を焦り、おれはおれでなくなってしまい、単なる窃盗が善らしく見える悪と化し、そうした驕りが観察眼と判断力を大きく狂わせ、ついには、気まぐれの所産にしてはひど過ぎる、ある意味においては当を得たと言えなくもない、かなり残酷な懲罰を受ける事態におちいった。

事が起こってしまってから気づいたところでどうにもなりはしない。最初から気に染まないことだらけだったのだ。だいいち、あれほど寂れた町の、駐車場とは名ばかりの空き地に、あんな高級外車が二台も停められていること自体が変だというのに、まったく疑問に思わず、黒塗りのセダンの後部座席に無雑作に投げ出してあるブランド品の鞄に気づくや、おれはたちまち金の臭いを嗅ぎ取り、欲に目がくらんで当然予期される常凡《じょうぼん》な危険を見過ごした。これを最後に、放浪の独り暮らしから離れられ、違法な稼業から足を洗うことができ、散漫だった幸福がそうでないものに変わるという気持ちが一挙に募り、理性の立場から状況を眺められなくなり、重大な過失を犯したのだ。つまり、発覚した際の逃走経路も考えず、せいぜい付近に人影がないことを申しわけ程度に確かめただけで、それも、ちょっと注意して辺りを見回せばすぐさま厭な直感に制止されたはずなのに、度胸の価値を計る尺度を誤り、無謀を豪胆と取り違えてしまい、短慮《たんりょ》にも、いきなり実行に転じた。

向こう見ずにも程がある。よほどどうかしていたのだろう。手荒な真似をする前に、まずは扉に鍵が掛かっているかどうかを確かめるという基本中の基本さえも忘れて、かたわらに落ちていた石を使って窓を叩き割った。車内に手をつっこむ途中でキーが付けっ放しであることがわかり、おれとしたことがと思って、舌打ちした途端、心を脅かすものが感じられ、みるみる胸に黒い霧が立ちこめ、ついで、物音を聞きつけてすぐ近くのあばら家からばらばらっと飛び出してくる、むくつけき野郎どもの一団が見え、恫喝に慣れた露悪的な濁声《だみごえ》によって、かれらがひと目で極悪の道を突っ走る連中とわかったときには、もはや身をひるがえして遁走《とんそう》に転ずるような生易しい場面ではなくなっていた。色を失いながらも、おれはとっさに運転席に着いてクルマを急発進させ、連中のお株を奪う行動に出て、ボンネットに飛び乗ってきた一人を急ハンドルによって振り落とし、身の縮む思いで街道へと飛び出して行ったものの、しかし、おれとは違って、自由よりも悪事そのものを好む先方は、直ちにもう一台のクルマを駆って追跡に転じ、やはり無茶苦茶な運転でもって、復讐を求める怒りの雄叫びを上げながら追いかけてきた。

双方共に内心の動揺がそのまま運転に現れ、信号無視はむろん、ありとあらゆる交通法規を破り、あげくに逆走までやってのけ、ときには祭りでごった返す人並みの寸隙を縫って突っ走り、植えたばかりの街路樹の支えを撥ね飛ばし、狂える海原のごとく荒波立つ社会の一隅《いちぐう》をさらにひっかき回し、しまいには周りの他人の動向にほとんど注意を払わなくなり、邪悪な判断をなんとも思わなくなった。

バックミラーで背後の敵を確認する際のおれの顔ときたら、険悪な相貌を通り越し、悪鬼の形相で、がさつな運転によってすべてを破滅の手に委ねた暴走行為が、より劣悪な道を用意しているはずのこの世を劇烈な夢の舞台に変えてしまい、次から次へと視界に飛びこんでくるのは、虚偽と欺瞞に満ちた、中心点も円周もない、他に類を見ない、愛の法悦ともいうべき快い興奮にあふれた、さかしまの世界の断片であり、ひっきりなしに脳内へ忍びこんでくる居直りの絶叫は、心の波浪《はろう》の高まりにつれて雷鳴のように鳴り響き、やがて、対向車との激突を寸前にかわすときに生じる忌むべき快楽の虜となり、生死の境を爆走する強烈なおののきの体験が肉体の深奥から湧き上がる喜悦と化し、目の前でみるみる腐敗してゆくおのれの魂が如実に感じられ、かつては心の闇でしかなかった不確かな部分が前面に押し出され、低俗かつ下劣な内的人間が立ち現れ、自身の本領を失わない人間としてのおれは立ち消え、常に自己同一性を保つ自我などどこかへ吹き飛んでしまい、ついには罪なき者の犠牲さえも厭わなくなった。とはいえ、おれのなかに高邁な何かが少しく残っていたことが幸いして、手をつないで歩道を行く幼稚園児の群れに突進するまでには至らなかった。

社会を破壊させる悪を平然と身にまとい、陋劣《ろうれつ》な根性によって享楽の鎖につながれた追っ手たちはというと、すでに三度も追突事故を引き起こし、四角いクルマがかなり丸みを帯び、フロントバンパーの一部が火花を飛ばして路面をかきむしっていたにもかかわらず、追跡を諦める気配は微塵もなく、狂信家にも似た執拗さで食い下がり、おれに体当たりすべくぐんぐん距離を詰めてきた。

ところが、四度目の事故は相手がレッカー車であったために破損がひどく、漏れたガソリンに火花が飛んでたちまち炎上し、泡を食って車内から飛び出してくる数人の人影が見え、逃げ遅れたひとりは背中に巨大な炎を背負っているありさまだった。連中の招いた派手な失態のおかげて、第三者の注目はおれから逸れてくれ、パトカーのサイレンがこっちへ迫ってくるようなことはすでになく、だから、寸陰《すんいん》を惜しんで飛ばしに飛ばすという人目を奪う走り方をする必要もなく、事が割り振り通りに運びつつあるという確かな手応えを得て、しばらくの後、完全に逃げ切ったという自覚を持てるようになり、大いなる栄華にも似た高揚感を堪能し、愚かな悦びに浸ることができた。

そして、どこにも非常線が張られていないと、そう自信を持って断言できる、遠方の街道へ出たところで、喉の異常な渇きにようやく気がつき、トウモロコシ畑に沿ってずらりと並べられた自販機のところで停車し、蓋を開けるのももどかしく一本目の缶ジュースを口へ持ってゆくや、腹部が濡れているように感じられ、まだ飲んでもいないうちにこぼすとはよほど疲労困憊しているのだろうと思ってそこに手をやってみると、ぬるぬるした、しかも生暖かい印象からしてジュースではないことがわかり、たちまちおのれの血であることが判明した。畑のなかに身を隠してそっとシャツをたくし上げてみると、案の定、そこには傷口があり、傷自体は小さくても、指を入れたら付け根まで埋まりそうなほど深く、そのときになって初めて、盗んだクルマを急発進させる折にボンネットに飛び乗ってきた奴の手に銀色に輝く物騒な代物が握られていた記憶がよみがえり、しかも、そいつが立てつづけに火を噴き、フロントガラスが蜘蛛の巣状にひびが入る瞬間と、視界を確保するために蛇行運転をくり返しながら、握りこぶしで破片を叩き落とすおれ自身が、あざやかにして生々しく思い出され、寸秒のあいだに死の定めを身に負ってしまったことが痛感された。

偶然の招いた過酷な状況と不面目な結果に服するしかないおれではあっても、しかし、一抹の憐れみと自己嘲笑をもって激怒せずにはいられぬその事実を身から出た錆と思うまでにはかなりの時間が必要に思え、紛うことなき悲劇を経めぐる心は、うららかな光に満ちあふれた虚空に消えてゆくしかなかった。深々と腹にめりこんだ弾丸がどの内臓のどこをどう破壊したのか知る由《よし》もないが、不思議なことに、あっていいはずの激痛がいっさい感じられず、おそらく極度の興奮のせいで神経回路が異変を来しているのだろうと思い、いずれそのうち七転八倒の悶絶に襲われるはずだから、その前に打つべき手をすべて打っておこうと考え、がに股歩きでクルマに戻った。

自分独りのことだけを考えていればいい自由しか知らなかった、これまでのおれならば、おそらく延命にそこまでこだわらなかったであろう。だが、今のおれの命は、おれのためだけに在る命ではなかった。まだあのふたりにはおれの気持ちを伝えておらず、従って、もちろん、彼女たちにそんな自覚はないはずで、おれ個人としては、あの娘と、彼女の祖父のために生きる覚悟をすでに固めていた。それというのも、これまで送ってきた日々が果てしなく陰気な暮らしにしか思えなくなっていたからだ。だからこそ、この罰に対してはなんとしても執行猶予が必要不可欠で、そのためとあれば、いかなる手段を用いても果たすべき課題として捉えなければならなかった。

何よりもまず確実に閉鎖へと向かう命を救うことが肝心で、応急処置として、破り取ったシャツの切れはしを利用して失血を最小限にし、どこか近くの医院にころがりこむことを考え、アクセルペダルをぐっと踏みこんで虚勢を張るためのエンジン音を響かせ、ふたたびクルマを走らせた。途中で別のクルマに乗り替えようとしても、どの駐車場も人目が多くて実行できず、フロントガラス無しの高級外車をひやひやしながら飛ばしつづけた。世間の関心を引き易い大きな病院は避けなければならず、患者が滅多に訪れないような寂れた町医者を裏口からそっと訪れ、すぐさま警察に通報されないように医師を脅したりすかしたりしながら手当てをしてもらうのだ。そのための資金と道具はクルマごと奪った鞄のなかにあった。その中身を調べたとき、連中があれほど必至になって追いかけてきた理由がつくづくわかった。それと同じクルマが楽々二十台は購入できそうな札束のほかに、小さな革袋にいっぱいの宝石が詰めこまれていて、おまけに回転式拳銃が一丁と数十発の弾丸が入っていた。それだけ揃っていれば、いかなる危機であっても乗り越えられないはずはなく、望外の幸運を無駄にせぬよう、ここはひとつどんな無茶をしてでも乗り越えるべきだった。

そしておれは、その過酷なアクシデントを素晴らしい幸福をつかむための大いなる試練として受け止め直し、完全復活の意志を改めてひしとかき抱き、世に満ちる大半のわずらいから解き放たれた、何不自由のない三人暮らしを夢想することで、どうあっても生き延びる方向へとハンドルを切り、今にも廃業しそうなほどおちぶれ果てた医院を懸命に探した。ところが、いくら焦ったところで簡単に見つかるものではなく、貴重な時がむなしく過ぎ去るばかりで、そうこうするうちに、先ほどの水分の補給が裏目に出てしまい、とうとう痛みが始まり、焼け火箸で腹のなかを掻き回されているような、背骨の髄まで疼くような、生まれて初めて経験する激痛の猛攻を受けた。感覚の混乱が生じ、幾度も気を失いかけて運転どころではなくってしまい、生がおれに適合しないものとなってゆき、自分とは無縁なはずの頑強極まりない悲観論に支配されて現世を軽んじたくなり、あげくに最後の希望も捨てざるを得なくなった。

朦朧となった意識のせいで、周りの景色がすべて霞んだ遠い影と化し、不易なはずの精神がもつれにもつれ、おれの存在を裏書きしてくれていたものが悉く滅し、そのあとどうしたのかさっぱり覚えがなく、自分としては人気のない道のかたわらにクルマを停めて運転席にうずくまり、じっと耐えていたつもりなのだが、生と死が互いに激しく干渉し合って生まれる、あれほどの痛みがすっと消えて我に返ったときには、まるで現世からの離反逸脱を図るかのように、奥まった山道をのろのろと登っているところで、無きものに等しい自己を持て余して命の捨て場所を求めているかのように奥へ奥へと分け入った。すると、ほどなく憂いのすべてを払ってくれそうな水の気配が爽やかな風によって感知され、クルマの性能を試されるほど急な坂道を登りつめるや、視界が一挙に開け、ついでに新たな視点が開けたような錯覚に囚われ、瀕死の重傷者は、青空と白雲を忠実に映しこんだダム湖に、静かなる驚きをもって迎え入れられたのだ。

失神に直結するほどの、おのれ自身の是認が不可能におちいるほどの、この世を棄て去りたくなるほどの、そんな激痛がぴたりとおさまった理由については定かでない。思うに、いかなる困苦をも免れさせてくれそうな白南風がモルヒネの役目を果たしていたのではないだろうか。そうとしか思えなかった。そして、この風に吹かれている限りは無痛の状態がつづくに違いないという確信がゆるぎないものとなっていった。しかし、だからといって、奇跡的な回復を差し招くほどではなく、出血の勢いときたら相変わらずで、血潮が乾く暇もなく、失血によって命は急速に痩せ衰え、弱化を辿る一方で、元の状態に戻ることなど夢のまた夢でしかなく、無意味な嘆きを嘆いてみたところでどうしようもなく、あとはもう死の激流に身を任せ、魂の欲するところに従って、何はともあれ、ここを死地《しち》と定めるしかなかった。

それにしても、こんな体でよくもクルマをダム湖に沈めることができたものだ。運転席側の扉を開けたまま崖っぷちへ向かってクルマを走らせ、転落する直前で外へ飛び出し、もんどり打って倒れこむ途中で、きらめく空中へと飛び出して行く車体を見送った。なぜ、そんな無茶な真似をしたのかについては、本当のところ自分でもよくわからない。どうせ死にゆく身にある者にとって、犯跡《はんせき》をくらますことにどれほどの意味があろう。最後の試みとして、クルマといっしょにおのれも水に沈めてしまえばよかったのだ。

そうしなかったのは、たぶん、吹き渡る爽快な風のせいだろう。偽らざる本音としては、心に取りついて離れないこの風に吹かれながら、怯むことなしに必然的な一瞬を迎え、それから、「我を静かに死なしめよ」とつぶやき、瞭然として顕著なる死の門をそっとくぐり抜け、時宜《じぎ》を得た自己止揚《しよう》など絶対に不可能な浮き世との闘争を終わらせ、魂を病んだ人としての本性を解説し、たとえ栄光の虚像のごとき幻の世界であったとしても、全霊を傾けてあの世とやらへ、まっしぐらに突入して行き、そこで、ほっそりとした頸と気持ちよくくびれた腰を持つ、見るからに初々しいあの娘と、人生のあらゆる段階を経たことで不可分な真理をたくさん身に付けた彼女の祖父がやって来る日を待ち、三人揃ったところで、軒下に色とりどりの提灯をずらりと吊り下げた屋形船を三途の川に浮かべてみたいのだ。

奇跡の風がやみ、痛みがぶり返してきたときの備えはある。現金や宝石は高級外車と運命を共にさせたが、拳銃だけは取り出しておいた。それは今、いざその段になった場合、こめかみに一発見舞えるよう、手元に置かれている。死に神が恐るべき姿を現したときにもぶっ放してやるつもりだ。しかし、むらのない、均整のとれた吹き方をする白南風に変化の兆《きざ》しはいささかたりともなく、単に生ぬるいだけの風と化してしまう気配もなく、ますます愛着の情を帯び、人生のひとこま、そして永遠の今を生きるおれをそこはかとない思いにいざない、着々と死へ向かうことの甘美を味わう自分をよしとしてくれ、それが呪わしい体験であることを忘れさせてくれるどころか、若干の満足さえも与えてくれている。しばらくして死が残り少ない生を侵食し始め、だからといって生と死の狭間で遅疑《ちぎ》するようなことにはならず、おれの存在の全体が損なわれることもなく、運不運もこれまでと悟るに至る。

この世になんの印象も残さずに去らねばならないことに悔恨《かいこん》はなく、ゆえに自己省察もあり得ず、いつも帰って行く孤独のなかへと帰るしかない宿命に甘んじ、もしもその機会に恵まれたならふたたび生を受けたいという気持ちが募り、わざわざ死に神の手をわずらわせるまでもないと思い、意を決して拳銃をつかんだものの、そして引き金を引いたものの、もはや銃口を自分の頭に向けるだけの力は残っておらず、弾丸は碧空へと呑みこまれ、銃声は有益な言葉と化し、湖面や山肌に跳ね返って美しい言霊《ことだま》となって響き渡り、聴衆としての小鳥たちがいっせいにその喜ばしげなさえずりと羽ばたきでもって喝采を送る。

同時に、残り少ない命の高貴な輝きと、まさに生まれんとする死がおれのなかに根を下ろす瞬間を確かに感じ、欣然《きんぜん》として死せるおのれをはっきりと自覚することができ、次の瞬間、手を引いて導いてくれる者なしに、肉体に根を張っていたおれの内的実在ともいうべき本体が、ときとして嵐と夜をついて走ったこともある真摯な魂が、一挙にそこから解き放たれ、美しい感情と爽やかな微光を放ちながら白南風に溶けこみ、か弱い存在ながらも破壊しがたいものへと変容し、地上の放浪とは比べものにならぬほど高次な、太陽よりもまばゆい、確固とした自由が始まり、かくしておれは、現在よりもはるかに偉大で好ましい未来へと旅立って行く。

本書は『われは何処に』（二〇一七年、求龍堂刊）と『風を見たかい？』（二〇一三年、同社刊）を底本として組み方を替え、加筆・修正を施したものです。

丸山健二（まるやま　けんじ）
1943年、長野県飯山市に生まれる。仙台電波高等学校卒業後、東京の商社に勤務。66年、「夏の流れ」で文学界新人賞を受賞。同年、芥川賞を受賞し作家活動に入る。68年に郷里の長野県に移住後、文壇とは一線を画した独自の創作活動を続ける。また、趣味として始めた作庭は次第にその範疇を越えて創作に欠かせないものとなり、庭づくりを題材にした写真と文章をまとめた本も多い。2017年9月より柏艪社から『完本　丸山健二全集』の刊行を開始。これまでに書いた膨大な作品をすべて改稿し、収録。全100巻を越える、これまでに類を見ない長大な個人全集となる予定。

田畑書店

丸山健二　掌編小説集

人の世界

2019年8月20日　第1刷印刷
2019年8月30日　第1刷発行

著者　丸山健二

発行人　大槻慎二

発行所　株式会社　田畑書店

〒102-0074　東京都千代田区九段南3-2-2　森ビル5階
tel 03-6272-5718　fax 03-3261-2263

装幀・本文組版　田畑書店デザイン室

印刷・製本　中央精版印刷株式会社

Printed in Japan
ISBN978-4-8038-0362-4 C0193
定価はカバーに印刷してあります。
落丁・乱丁本はお取り替えいたします。